폭파 전문 꼴뚜기

아침이슬 청소년 * 014

폭파 전문 꼴뚜기

엮은이 · 이상대
지은이 · 신서중학교 3학년 임재영 외

첫판 1쇄 펴낸날 · 2012년 12월 10일

펴낸이 · 박성규
펴낸곳 · 도서출판 아침이슬
등록 · 1999년 1월 9일(제10-1699호)
주소 · 서울시 은평구 신사동 25-6(122-882)
전화 · 02) 332-6106
팩스 · 02) 322-1740
이메일 · 21cmdew@hanmail.net

ISBN · 978-89-6429-133-7 44810

| 아침이슬 청소년 * 014 |

로그인하시겠습니까 3

이상대 엮음 / 신서중학교 3학년 임재영 외 지음

아침이슬

중학생 판타지 소설집을 펴내며

어느 날 학교 복도 맞은편 벽에 큰 사진이 하나 걸렸습니다.

숲 속으로 길게 길이 나 있는. 처음에는 그저 평범한 풍경 사진에 불과했습니다. 졸업하는 선배가 학교신문에 한 마디 툭 던져놓기 전까지는 말입니다.

—후배님들 그거 알아? 복도를 전속력으로 질주하면 그림 속으로 들어갈 수 있다는 거.

말의 힘은 참으로 큰 것이어서, 사진 앞으로 많은 시선들이 모여들었습니다. 누구는 말없이 사진을 바라보다가 돌아가기도 했고, 또 누구는 몰래 길가에 꽃과 새를 그려 넣기도 했습니다. '기다려라 내가 접수하마' 등의 낙서가 덧붙기도 했습니다. 사진은 서서히 단순한 풍경을 넘어 상상의 공간으로 살아나기 시작했습니다.

여기서부터 이야기가 시작됐습니다.

사진 속 세상을 상상하는 '판타지공모전'이 시작되었고, 공모전을 중심으로 작은이야기꾼들이 하나둘 모여들면서 '소설창작반'이 만들어졌습니다. 우리의 관심은 위로와 구원을 앞세운 '학교판타지'의 복원이었습니다. 처음 만난 자리에서 이런 얘길 나누었습니다.

—10대가 된 지금 돌이켜보면, 우리가 만난 최초의 판타지는 산타였어. 누구든 희망을 갖고 착한 마음으로 그를 기다렸으니까. 그러나 지금은 너무 힘들어. 하루하루가 지옥 같을 때도 있어. 우정, 열정, 용기 이런 단어들도 우리 곁을 떠나갔고. 이 쓸쓸한 청춘을 무엇으로 구원하지? 판타지라면 그 답을 찾을 수 있지 않을까.

소설이 시작되자 아이들은 놀라운 힘을 발휘하기 시작했습니다.

판타지를 학교 안으로 끌어들이면서, 아이들의 상상력은 풍경 사진을 넘어 도서실로, 조회대로, 심지어 자살한 어린 영혼의 이야기까지 뻗어 나갔습니다. 오히려 중세의 기사, 미지의 대륙과 마법, 무협, 그런 틀을 흉내 내지 않아서 생동감이 넘쳤고, 주변을 돌아보게 했습니다.

아이들이 꿈꾸는 세상의 면모도 분명하게 드러났습니다. 그들이 간절히 소망한 것은 뜻밖에 '정의'였습니다. 세상으로부터 둘도 없는 문제 집단으로 취급받고 있지만, 그들의 눈과 가슴은 '선(善)이 물처럼 흐르는 세상'을 향하고 있었던 겁니다. 이 무렵 우리는 우리 스스로를 '판타지 전사(戰士)'라 불렀습니다.

그렇게 일 년 가까이 소설을 쓰고, 돌려 읽고 토론하며 가다듬었습니다. 일부 소설은 품평을 거치며 버려지기도 했고, 몇몇 소설은 한결 깊고 넓은 성찰을 얻기도 했습니다. 이 책에 선보이는 아홉 편의 소설은 그런 과정을 통해 거둔 결실입니다.

사실, 그간 죽어라 공부만 하는 아이들을 보면서 어른의 한 사람으로 늘 죄 짓는 기분이었습니다. 경쟁에 뒤쳐질까 봐 아이들은 배울수록 주눅이 들었고, 실패가 두려워서 한 발짝도 내딛지 못했습니다. 청춘이 생동하지 않는 세상은 죽은 세상이나 다름없습니다. 어찌 아이들만의 잘못이겠습니까?

도발의 버튼을 누르는 기분으로 이 소설을 선보입니다.

당장은 어설프고 미약하지만, 어린 청춘들이 서로를 어루만지며, 주눅을 벗어던지고 더 큰 꿈으로 도약하는 계기가 되기를 기대합니다. 현실과 판타지는 동전의 양면입니다. 모쪼록 세상을 자극하는 상상력이 봇물처럼 터져 나왔으면 좋겠습니다.

청춘들의 건승을 기원합니다.

2012년 11월

엮은이 이상대

차례

기쁨〉 견디며 믿으라, 때로 인생은 아름다운 것

희喜

노怒

분노〉 질풍노도, 무엇이 우리를 분노하게 하는가

슬픔〉 열여섯 살, 슬픔의 바다를 홀로 건너는 시간

애哀

즐거움〉 그래도 마음은 미래에 즐겁고 홍겨운 것

락樂

열여섯, 인생은 아름다워

박지현(신서중 3학년)

폭파 전문 꼴뚜기

임재영(신서중 3학년)

희 喜

기쁨〉 견디며 믿으라,
때로 인생은 아름다운 것

열여섯, 인생은 아름다워

박지현(신서중 3학년)

1

툭.

축구공이 내 발에 부딪혔다가 굴러갔다.

나는 고개를 들어 공을 찬 남자애를 쳐다보았다.

헉, 이인혁! 내가 초등학교 때부터 그렇게 좋아했던, 작년엔 극적으로 같은 반이 되었지만 3학년 때 다시 다른 반이 된 뒤 한 번도 마주치지 못했던 남자애.

내 짝사랑이 앞에 서 있다. 하영이가 '이 서방'이라고 별명 붙인 남자애.

갑자기 세상이 느릿하게 흘러간다.

마치 시간의 모래시계가 엎어진 것처럼 주변 사람들의 말소리가 커졌다 작아졌다 하고, 아이들로 붐비는 복도는 나와 그 애 두 명만 있는 것 같다.

응?

하지만 그 순간은 오래가지 않았다.

내가 멍 때리고 있는 사이 이 서방은 축구공을 가지고 유유히 사라졌고, 남은 건 나와 뒤늦게 교실에서 나온 하영이뿐이다.

"어? 이 서방~이네?"

장난스럽게 말꼬리를 올리는 하영에게 한숨 한 번 쉬어 주고,

천천히 목련관으로 향했다.

피식 웃으면서 시크하게 공을 차 줘야 했는데…….

어쩌다 마주치면 가슴만 먹먹할 뿐 손발을 마음대로 움직일 수 없다.

어유, 소심쟁이! 이 바보!

다시 한숨을 쉬는데 하영이가 포니테일로 묶은 머리를 흔들면서 "여자로서 당당하게 밀어붙여! 한심하게 짝사랑을 6년씩이나 채우니?" 하고 한마디 한다.

악의 없는 말이지만, 나는 흘깃 하영을 째려보았다.

하영은 입 모양으로 '왜?' 하더니 낄낄 웃는다.

저…재수탱이 기집애.

2

하영이가 벽에 걸린 달력을 보며 말했다.

"오늘이 12일이네. 가자."

여긴 목련관의 도서관. 도서부인 나와 하영이는 일주일에 한 번 도서 정리를 한다.

"너 혼자 가."

"아까 화났으면 미안! 희진아."

"화 안 났어."

나는 반납도서 하나를 바코드로 찍으며 심드렁하게 대답했다.

하영이는 1학년 후배들이 "언니, 저희 정리 다 끝났어요." 하자 가도 된다는 제스처를 하곤 내 옆에 걸터앉았다.

"시간 다 됐어. 어서 가자."

"휴, 알았어."

하영이의 싹싹 손을 비는 모션에 나는 피식 웃었다.

하영이가 문과 창문을 잠그며 문단속을 하는 사이, 나는 도서실 중앙의 나무 앞에 섰다. 물론 진짜 나무가 아닌, 분위기 조성용 인조 나무다. 하지만 이 나무가 살아 있다는 걸 아는 사람이 몇이나 될까?

손을 들어 가지부터 뿌리까지 죽 긋자, 서서히 도서실 내부의 변화가 느껴졌다.

나무로부터 황금색 빛이 뿜어져 나오고 바닥이 갈라졌다. 갈라진 틈 아래로 중세기 성(城)의 그것처럼, 나선형의 황금빛 계단이 나타났다.

"일 많이 밀렸겠다."

"그러게. 한 달에 12일, 24일 두 번 가는 건데 저번에 둘 다 빠졌으니."

우리는 천천히 계단을 내려갔다.

3

자신에게 좋은 일이나 나쁜 일이 일어날 때, 사람들은 대부분 그것이 우연히 일어난 것이라고 생각하지만 사실 누군가 의도적으로 그의 인생에 '개입'한 것이다.

능력자—세상에는 소수의 선택받은 사람, '능력자'가 있다. '능력자'에게는 인간을 초월하는 능력이 있어서, 누군가의 소원과 비밀을 쉽게 알 수 있다. 지하의 '운명의 도서관'(능력자만이 출입할 수 있다.)에서 사람들의 생각과 한 행동을 읽어 보고 상과 벌을 주는 것이 그들의 임무이다. 세상이 공평하지 못하고, 나쁜 사람들이 배를 두드리며 사는 것은 능력자들이 실수를 했거나 게으름을 피워서 그렇다.

하영과 나는 중학교 1학년 때 능력자가 되었다.

처음에 '운명의 도서관'으로부터 초대장이 왔을 때, 우린 누군가 장난한 줄 알았다.

"그러니까, 이 카드 두 개가 네 가방에 있었다고?"

"응."

"약속 장소가 어디라고?"

"5시에 신서중 도서관 지하 400m."

"나 간다. 수고!"

"이야아 아~!"

하영이가 내 치마를 잡고 늘어졌다. 나는 당황하며 발버둥쳤다. 내 치… 치마!

"나 오늘 방과후학교 가야 한다고!"

"오늘 하루만 빠져!"

"지하 사백 미터? 어떤 또라이가 보낸 거잖아!!"

"내가 카드를 연 순간, 황금빛이 번쩍했다니깐. 이건 뭔가 있는 거야!"

"휴……. 그러면 다섯 시까지만 있어 줄게."

앞뒤가 똑 떨어지는 암팡진 하영이 입에서 그런 말이 나오다니……. 하지만 나도 이 카드가 장난이 아니라고 믿고 싶었다. '신서중 1학년 17반 정 희진 양. 운명의 도서관으로 초대합니다. 오늘 오후 5시, 신서중학교 도서관 지하 400m'라는 글귀가 적힌 카드는 오싹할 정도로 고급스러웠다.

하영이와 나는 4시 30분이 넘으면서 줄곧 시계만 보고 있었다.

신기한 일이었다. 북새통이던 도서관이 4시 30분이 지나자 아이들이 거짓말처럼 빠져나갔다. 4시 58분에는 사서 선생님마저 급한 일이 있다며 가방을 메고 도서실을 나갔다. 도서관엔 나와 하영이 둘만 남게 되었다.

처음엔 아무 일도 일어나지 않는 듯했다. 그러나 도서관 시계가 정확하게 5시를 가리키자, 황금색 빛이 도서실 중앙의 인조 나무로부터 뿜어져 나오기 시작했다.

"거 봐."

하영이의 목소리가 떨렸다.

나는 조심스럽게 나무를 손으로 쓸어 보았다. 나무는 강하게 요동치더니 더 진한 황금빛을 내뿜었다. 조금 뒤, 의자, 책상, 책장들이 부드럽게 떠올랐고 나무 아래 공간이 열리면서 나선형의 계단이 나타났다. 우리는 서로 얼굴을 마주 보았다.

"가… 갈래?"

"응……."

그때 얼마나 떨렸었는지. 소리 없이 미끄러지는 황금 계단을 타고 내려와 사방이 수정으로 장식된 중앙 홀에 도착했을 때는 심장이 터지는 것 같았다. 홀 입구에 놓인 명부에 사인을 하고서야 가슴이 진정되었다. 우리는 그날 선배 능력자에게 운명도서관 이용법과 우리가 할 일을 배정받았다.

우리가 능력자로 선택된 것은 '선(善)'에 대한 의지 테스트에서 통과되었기 때문이라고 했다.

언젠가 하영이와 나는 '노는 애'들이 특별반 지체장애 급우를 괴롭히는 것을 제지한 적이 있었다. 장애우는 과자를 얻어먹는 재미로 지나가는 애들에게 침을 뱉었고, 노는 애들은 낄낄거리며 침이 명중할 때마다 하이파이브를 하며 박수를 쳤다. “너희들 그러지 마!” 하영이 먼저 나섰고, ‘이 씨X년은 뭐야’ 하며 그중 손을 치켜드는 아이의 손목을 내가 잡았다. 그땐 내가 뭐에 홀린 게 분명하다. 내게 손목을 잡힌 아이는 다른 학교에서 사고를 치고 전학 온 일진이었다. 나는 평소에 그들과 마주치면 무서워 눈을 내리깔고 다녔었는데 말이다.

—이 짧은 상황이 운명의 도서관에서 마련한 능력자 의지 테스트라는 것을 나중에야 알았다.

4

운명도서관에 도착해 보니 과연 게시판에 업데이트된 내용이 어마어마하다. 덕분에 하영이와 나는 진짜 바쁘게 뛰어야 했다.

거기서 우리가 능력자로서 하는 일은 운명법전을 뒤져 선악에 따른 상벌을 부여하는 일이다.

“파란 글씨, 男 19990604 박유민 C－. 이 친구, 불 질렀어.”

나는 운명 법전을 뒤적여 C－ 등급에게 부여할 수 있는 벌의 종류를 읽었다.

“애장품 분실, 악몽 1주일 치, 불운한 일주일, 글자스킬…….”

며칠 전 학교에

일어난 방화가 이 아이 짓이었군. 불이 쉽게 꺼져서 피해는 크지 않았지만, 교실 한 칸이 탔고, 게다가 아직 자수도 안 했다.

"벌은 악몽 1주일 치로 하자. 추가 사항에 자수도 하게 해야지."

"그래. 이런 친구는 악몽에 시달리면서 불장난이 얼마나 위험한 것인지 좀 알아야 돼."

하영이가 마법 펜으로 〈男19990604 박유민〉이라는 운명의 책에 처벌 내용을 쓰고 손바닥 도장을 찍었다. ―이제 하영이가 쓴 대로 현실 세계에서 벌칙이 집행될 것이다.

나와 하영이는 8급 능력자이다. 초보자인 8급은 단순히 선악이 분명한 사안만 다룰 수 있다. 선악을 분명하게 가를 수 없는 문제는 상위 능력자들의 몫이다.

"다음……. 야호! 분홍 글씨다!"

행동 업데이트 게시판에 분홍색 별이 붙은 이름이 떴다.

행동 업데이트 게시판에는 상·벌을 줄 이름이 등급과 함께 표시되는데, 파란색은 경계 행동이고, 분홍색은 권장할 만한 칭찬 행동이다. 아무리 능력자라지만, 벌보다는 상을 집행하는 것이 유쾌하고 즐겁다.

나와 하영이의 구역이 중학교라서 아주 심한 벌을 부여할 만한 행동이 나오진 않는다. 기껏해야 아까처럼 불장난이나 단순 폭행,

왕따 정도다. 딱 한 번, 중3 남학생이 훔친 오토바이를 타고 학교로 돌진하다 마침 퇴근하는 여교사를 치고 도주한 적이 있었다. 당시 임신 중이던 여교사는 유산을 했고, 그 남학생은 살인에 해당되는 M- 등급을 받았다. 그때 도서관은 한동안 우울한 분위기에 휩싸였다.

"분홍색 글씨, 女19981019 민나영. A등급."

내가 불러 주자 하영이가 기록장에 기록했다.

"무슨 착한 행동을 했는데?"

"크게 뭘 한 건 아니고, 선한 행동이 누적됐네. 길 잃은 아이를 경찰서에 데려다주고, 따돌림 당한 아이 뒤에서 챙겨 주고……. 이야~ 이 친구는 진짜 착하네. 2년간 파란 줄이 하나도 없어."

운명법전을 보니, A등급에 해당되는 상에 '소원 들어주기'가 있다.

'소원의 방'에 달려가 수정으로 된 나영이의 '소원구'를 찾아냈다. 그 소원구를 해독기에 넣자, 곧 여자아이의 목소리가 들려왔다.

"동생이 죽은 지 1년이 지났다. 동생이 보고 싶다."

우리는 무슨 상황인지 몰라서, 우선 나영의 운명의 책을 꼼꼼히 검토하다가, 아~ 하고 탄성을 질렀다.

"나영이 동생이 2011년 7월 14일에, 교통사고로 죽었어."

"어떡해……."

"나영인 동생 죽음에 대한 죄책감이 큰 것으로 돼 있고. 사고 전에 동생이랑 싸웠나 봐."

운명의 책에는 사건 당시 사람의 심리까지 기록돼 있다. 하영이가 '20110714 민나영 심리' 옆에 쓰인 것을 읽었다.

"내가 나린이에게 시끄럽다고 소리만 지르지 않았어도……. 애초에 나린이가 떼를 써도 신경질을 내면 안 되는 거였다. 마지막으로 동생에게 한 말이 '입 닥치지 못해?"였다니……. 다시 한 번, 나린이를 볼 수만 있다면 언니가 정말 미안하다고 사과하고 싶다."

잠시 우리는 서로의 얼굴을 쳐다보았다. 내가 말했다.

"그렇다고 죽은 사람을 살릴 수도 없잖아?"

"……."

"이건 어때?"

하영이가 무릎을 쳤다.

"꿈을 제조해 주는 거야. 동생에게 사과하고, 마음속 응어리를 푸는 거지!"

"오! 그것 괜찮은데."

"동생도…… 언니가 계속 마음 아파하면 슬플 거야. 내가 어서 만들어 올게!"

꿈을 제조하는 것은 까다로웠다. '기억과 추억의 방'에서 좋은 기억들을 하나하나 골라내고, 꼼꼼하게 편집을 해야 했지만, 이런 것쯤은 얼마든지 감당할 수 있다.

5

다음 날 점심시간.

학원 숙제를 하느라 책에 코를 박고 있는데, 갑자기 주위가 시끄러워지면서 '우~우~' 하는 소리가 들렸다. 고개를 들고 돌아보니 뒷문으로 이인혁이 들어서고 있다. 어?

이인혁이 무언가를 들고 내게 곧바로 걸어오고 있다.

무슨 일이지?

상황 파악이 안 돼서 멍하니 쳐다만 보고 있는데, 가까이 다가온 이인혁이 갑자기 우뚝 멈춰 섰다. 순간 주변에 있던 아이들이 우리 둘을 에워쌌다.

"정, 정희진!! 사귀자!"

우우~ 하는 소리 끝에 아이들이 사귀어라! 사귀어라!를 연호하기 시작했다.

나는 얼굴이 화끈거려 이 서방이 내미는 선물로 시선을 떨어뜨렸다. 곰 인형.

곰 인형을 받아들고 나는 엉겁결에 대답을 했다.

"으… 응!"

이하영 덧붙임.

지금 희진이는 나영의 꿈을 제조하는 일에 골몰해 있다.

띠링~ 하는 소리와 함께 업데이트 화면이 떴다. 분홍 글씨로 '男19970501 이인혁 A급'이라고 쓰여 있다. 이인혁? 이 서방 말이야?

대체 이놈 소원은 뭘까? 나는 희진이가 나타나기 전에 빠르게 소원의 방에서 이 서방의 소원구를 찾아 해독기에 돌렸다. 잠시 뒤, 들려오는 이인혁의 목소리에 나는 헛웃음을 쳤다.

"나는 정희진이 좋다. 짝사랑도 몇 년째인지 모르겠다. 하지만 고백할 용기가 없다. 용기가 있었으면 좋겠다!"

이 녀석들, 제대로 삽질하고 있었구만.

[男19970501 이인혁 군은 2012년 7월 18일 女19970826 정희진 양께 고백하게 됩니다. 서명: 능력자 이하영]

후기

가끔 교실에서 쓰레기를 줍는 등 착한 일을 할 때, '누군가 내 행동을 지켜봐서, 내게 좋은 일이 일어나게 해 주지 않을까?'라고 생각해 본 적 없으신지요? 물론 대가를 바라고 착한 일을 하면 안 되지만, 자신이 하는 행동이 누적이 돼서 어떠한 일이 생긴다면 재미있지 않을까 하는 생각에서 이야기를 시작했습니다.

짧게나마 이 글을 통해서 행동을 책임감 있게 하라고 말하고 싶었어요. 글 속의 '여선생님의 유산'은 제가 아는 분이 겪은 실화랍니다. 실제로 행동을 살펴 벌을 주는 능력자는 없지만, '자신이 하는 행동이 어떠한 결과를 가져올지를 생각하며 행동한다면 이 세상이 훨씬 나아지지 않을까' 라고 생각해요. 주제가 독자께 잘 전달이 되었으면 좋겠네요.

주 내용은 권선징악이지만, 학교 지하에 능력자들의 도서관이나 운명의 책이 있다거나 하는, 평소 제가 상상하던 것을 여기에 써 봤습니다. 아시다시피 좀 오글거리는 부분이 많은데, 너그럽게 읽어 주시면 좋겠습니다.(홋홋)

폭파 전문 꼴뚜기

임재영(신서중 3학년)

학교가 무너졌다. 놀랍게도, 그랬다.

그것은 '순간'이었다. 학교는 순간 '폭삭' 소리를 내며 무너졌다.

그날은 개학식, 정말 나한테 시비를 거는 개학식 날이었다.

6교시 정상수업을 한다고 했다. 우리 학교 사전에 단축수업이란 없다, 수업일수를 채워야 한다, 뭐 그런 논리였던 것 같다. 어쨌거나 난 꼼짝없이 6교시를 교실에 묶여 있어야 할 판이었다. 그러니까 '정상수업'이란 말을 들은 후부터 내 육신은 교실에, 영혼은 저 멀리 안드로메다 은하를 떠돌고 있었단 얘기다. 안 그래도 특강이다 뭐다 해서 방학 동안 시달렸는데 정상수업이라니.

아무튼, 나는 잠을 자기로 했다. 그것은 내 의지가 아닌 영혼의 '명령'이었다. 그러나 영혼과는 거리가 먼 영어 선생님 덕에 꼬박 한 시간을 뒤에 나가 서 있어야 했다.

"수업 시작하자마자 드러누워? 내가 만만하냐?"

만만할 리가. 내가 뒤로 나간 지 얼마 지나지 않아 우리 반 소년 소녀들도 하나둘씩 픽픽 쓰러졌다. 모두 방전된 채 전멸이었다. 하품 때문인지 방학이 그리워선지 교실은 눈물바다였다. 그래도 영어 선생님은 개의치 않고 진도를 나갔다. 이것 참, 십오 분이나 남았는데, 남은 시간을 어떻게 버티지?

나의 공상은 그렇게 시작되었다.

학교가 무너지는 모습을 상상해 본다. 먼 별나라 외계인이 침공을 하든지, 어떤 평화주의자가 폭탄을 던지든지, 아님 학교 뒷산이 화산 폭발을 일으켜 시뻘건 용암을 쏟아내든지 해서 말이다. 아, 화산 폭발이 좋겠다. 곧 화산재가 학교를 뒤덮을 것이고, 우리 모두는 수업하던 채로 묻히는 거다. 천 년 후쯤 후손들이 우리를 발굴하겠지. 그들은 소리칠 거다. 와우, 한 공간에서 똑같이 생긴 책걸상에 앉아 40명이 공부를 했다고? 이런 야만적인……. 이거 혹시 감옥을 발굴한 거 아냐? 어쨌거나 내 아까운 청춘을 구제하는 방법은 이 방법밖에 없는 거다. 휴. 도대체 무슨 놈의 학교가 방학이 고작 3주란 말이냐. 진짜 확 폭파해 버릴까.

나의 공상은 그렇게 현실이 되었다.

정말로 학교가 무너진 것이다. 놀랍게도, 그랬다.

천장에서 형광등이 떨어지고, 기둥이 하나 둘 쓰러졌다. 영화 속에서 보았던 것처럼, 흩날리는 먼지 속에서 칠판이 떨어지고, 거울이 깨지고 전선에서는 불꽃이 튀었다. 비상사태! 신속하게 창문을 열고 뛰어내리면서 나는 교실을 돌아보았다. 잠자는 친구들과 진도 나가기 바쁜 선생님은 고스란히 건물더미에 묻혔다. 정말 내 공상 속 상황 그대로다.

약간의 타박상만 입은 채로 나는 안전하게 운동장으로 착지, 아니 튕겨져 나왔다. 평소 겁이 많아서 층계도 두세 칸을 못 뛰는 내가 이렇게 날렵하게 위험을 벗어나다니, 이거 놀라운걸. 나는 뿌연 먼지 속에서 옷을 탁탁 털면서 일어났다.

어, 그런데 내 앞에 누가 있다? 안 어울리는 검은 양복에, 유난히 통통한 볼살 목살에, 저 부담스러운 선글라스까지……이상한 남자가 팔짱을 딱 끼고 서 있다. 마치 날 기다리고 있었던 것처럼 고개를 끄덕이기까지 했다.

"누, 누구세요?"

남자는 대답 대신 치아를 보이며 씩 웃고는 명함을 건넨다.

답답한 세상, 짜증 나는 세상, 이제 날려 버립시다!

수확은 농부에게, 폭파는 전문가에게

학교 폭파 전문 스컹크 02-8888-8888

이 명함은 또 뭐람. 학교 폭파 전문? 설마 이 사람이?

나는 다시 한 번 학교를 돌아보았다. 정말 '폭삭' 주저앉았다.

수십 년의 역사를 가진 우리 학교가 한 방에 '훅' 갈 줄이야.

"폭파 전문갑니다. 어이구 우리 고객님, 공부 잘하게 생겼네."

"누, 누구라구요?"

"고객님 의뢰에 따라 이 학교를 한 방에 보낸 폭파 전문가라는 말이지."

내가 학교 폭파를 의뢰했다고? 도대체 이 남자 정체가 뭐야.

"무, 무슨 말씀을 하시는 거예요?"

그러나 남자는 천연덕스러웠다. 그는 가방에서 서류 뭉치를 꺼내더니 침을 바르며 넘겼다.

"여기 있군!"

이름: 한재민, 별명: 꼴뚜기, 폭파 대상: 신서중학교

접수 내용: 망할, 개학식인데 정상수업을 한단다. 주5일제 할 거면 수업일수를 줄일 것이지 어떻게 방학을 줄인단 말이냐. 이놈의 학교, 확 폭파해 버리고 싶다.

"본인 맞지?"

"맞기는 한데…… 그럼 아저씨가 우리 학교를 저렇게 만들었어요?"

"그럼, 나 말고 누가 했겠니. 명함 안 보여? 폭파 전문 스컹크. 이제 아저씨라고 하지 말고 스컹크라고 부르렴."

"도대체 뭘 어떻게 하신 거예요?"

난 아직도 얼떨떨했다. 그는 아까처럼 씩 웃었다.

"여긴 네 꿈속이고, 난 고객들이 의뢰한 걸 꿈에서 폭파해 주는 전문가야. 네 학교도 마찬가지였고."

나는 여전히 의심에 찬 눈으로 스컹크 아저씨를 쳐다보았다.

뭐, 학교가 폭파되었으면, 그렇게 공상을 한 건 맞다. 그래, 그냥 공상일 뿐이었다.

어쨌거나 분명한 것은 지금 학교가 폭파되었다는 거다.

살다 보니 별일이 다 있다. 학교가 폭파되다니. 나는 얼떨떨한 기분으로 그 말을 되새김질했다.

학교가 폭파되다니. 학교가 폭파되다니. 학교가 폭파되다니. 참 내. 폭파라니!

근데 이제 학교가 없으니 학교 안 가도 되는 건가? 이거 상상만 해도 엔도르핀이…… 아니지. 학교 안 가면 학원 가야 되는군. 오전에 추가로 학원 가는 거 아냐? 으, 토 나온다. 이렇게 극성스런 동네가 애들을 그냥 둘 리가 없지. 여기는 그 유명한 목동이 아닌가! ……아닐 거야. 오전에는 집에서 게임만 할 수 있을 거야. 어쩌면 정신적 충격을 치료하기 위해 놀러 다닐 수도 있겠지. 그럼 아픈 척을 해야겠군. 엄마, 아직도 학교가 무너지는 장면이 생각나요. 꿈에 계속 나와서 잠을 잘 수가 없어요. 어디 경치 좋은 곳에 가서 기분 전환이라도 해야 돼요. 게임도 밥 먹듯 하고 어여쁜 여자들이랑 연애도 좀 해야 정신적 충격을 잊을 수 있을 것 같아요.

내가 혼자 실실 웃는데, 스컹크 아저씨가 계산기를 불쑥 내 앞으로 내밀었다.

"오 년 육 개월!"

"네?"

"폭파 비용에다가, 네가 무사히 현장에서 탈출하도록 든 보험비, 그리고 잠시 충격에 빠진 너를 내가 따뜻하게 위로해 주었으므로…… 추가해서 오 년 육 개월이다. 빨리 지불하렴. 나 바쁜 몸이야. 전문직이라고."

이게 무슨 사자가 풀 뜯어먹는 소린가.

"저보고 뭘 하란 말이에요? 지불이라니."

"시간!"

"시간?"

"어허, 이 자식이 순진한 척하네. 일을 시켰으면 그에 대한 비용을 지불해야지. 시간경제 몰라? 꿈속에선 돈 대신 시간을 쓴다고. 그러니까 폭파 대가로 네 인생에서 오 년 육 개월을 떼어 지불하라는 거지."

"아니, 제가 언제 폭파해 달랬어요? 전 그냥 혼자 상상했던 거뿐이라구요. 도대체가 말이 되는 소리를 해야지. 뭐, 시간을 가져간다구요?"

스컹크 아저씨는 화가 난 듯 선글라스를 거칠게 벗었다. 정말 살찐 스컹크처럼 생겼다. 뭐랄까 상당히 희극적인 얼굴이다.

"이놈아, 오 년 육 개월이면 별 거 아냐. 너네들 멍 때리는 시간, 스마트폰, 컴퓨터 하면서 엉뚱한 짓 하는 시간, 이거 모으면 오 년 육 개월은 껌 값이야. 대학 간답시고 쓸데없이 버리는 시간은 또 어떻고. 살다 보면 금방 가는 게 시간인데. 뭐, 싫으면 돈으로 내든지."

"얼만데요?"

"325조원."

"지금 장난해요?"

친구였으면 진짜 한 방 제대로 질렀다.

“이 자식 말이 안 통하네. 그럼 몸으로 때울래?”

그러더니 두툼한 손으로 내 얼굴을 이리저리 돌려 보았다.

“어쭈, 제법 전문가 소질이 보이는 얼굴이네. 잘됐다. 안 그래도 일손이 부족했는데 말이지. 빚은 내 폭파를 돕는 거로 대신하자. 폭파 전문 기술도 배울 겸.”

그렇게 해서 나는 엉겁결에 폭파 전문가가 되고 말았다.

사람들이 ‘폭파해 버리고 싶다’고 속으로 간절히 원하면, 그걸 꿈속에서 대신 폭파해 주는 일, 그게 이 아저씨 직업이란다. 원하는 강도에 따라 순위가 매겨지고, 그 순위에 따라 폭파 대상이 정해진단다. 꿈속에서나마 싫어하는 대상을 폭파함으로써 스트레스도 풀고 인생을 새롭게 시작한다는 의미라나 뭐라나.(스컹크 아저씨가 정성 들여 설명한 대목이다.) 심한 분노를 느끼는 경우에도 분노의 대상을 폭파해 준다고 한다. 꿈에서 폭파 장면을 확인한 뒤에 시간을 지불하면 꿈에서 깨어날 수 있다는데, 나는 안 냈기 때문에 그만큼 몸으로 때우면 꿈에서 깨어나게 해 준단다. 정말 뭐가 뭔지 모르겠다.

“내가 지금 꿈속에 있는 거면 아저씨도 꿈속에 있단 건데. 그게 말이나 돼요? 아저씨 간첩 아니에요? 지금 북한이 우리 학교에 미사일 날린 거 맞죠?"

"야, 이놈아. 평양사람들도 느네 중학생 무서워서 서울 쪽으론 오줌도 안 눠, 인마!"

"그럼 뭔데요?"

"일단 지금 우린 네 꿈속에 있어. 폭파는 꿈속에서밖에 못하거든. 폭파 업무를 마치면 난 현실 속으로 퇴근하는 거야. 그리고 출근할 때 다시 꿈속으로 돌아온단 말이지. 알아듣겠냐?"

나는 스컹크 아저씨의 차를 타고 다음 업무 장소로 달렸다. 어차피 꿈이라니까 갈 데까지 가 보자, 이런 생각도 들었다.

차가 한참을 달려 멈춰 선 곳은 번잡한 상가 앞이었다. 카누만 한 간판들이 금방이라도 떨어질 것처럼 주렁주렁 매달려 있다. 자세히 보니 여긴 성형촌이다.

아저씨는 여기서 다른 폭파 전문가를 만날 거라고 했다. 성형외과 폭파 전문이라나 뭐라나.

잠시 후, 펑! 하고 결코 작지 않은 소리가 나더니 성형외과 간판이 날아갔다. 그리고 얼굴이, 뭐랄까, 시선을 똑바로 주기 어려운 용모의 여자가 조수석에 탔다.

"이 꼬마앤 누구야?"

"새로 영입한 내 후계자."

스컹크 아저씨가 말했다.

"어린애가 잘할 수 있겠어?"

"난 딱 보면 안다니까. 누가 폭파를 잘할지 못할지."

"하여간…… 뭔가 기준을 정해 놓고 뽑아야지, 또 시간 못 받아서 몸으로 때우라 했구만."

"아무튼, 서로 인사해. 이쪽은 성형외과 폭파 전문 볼라덴. 그리고 여기 젊은 친구는 한재민. 본의 아니게 신서중 폭파를 의뢰했다 갈 곳 없는 처지야. 머지않아 폭파 전문가로 성장할 유망주지. 폭파계의 젊은 피란 말씀!"

"반갑다. 난 볼라덴이다. 볼라덴 선배라고 불러도 된다. 근데 얘도 작업상 정식 이름을 붙여 줘야 되지 않겠어? 꼬마야, 너 학교에서 별명 없니?"

자기 별명을 자기가 말하는 것만큼 민망한 일이 있을까. 그러나 볼라덴이란 여자의 기세에 눌려 나는 엉겁결에 내 별명을 불고 말았다.

"꼴, 꼴뚜기요."

1학년 땐가. 성취도 평간지 일제고산지, 아무튼 쓰잘데

없는 시험 하나 못 봤다고 담임 선생님이 애들 앞에서 대놓고 "어물전 망신은 꼴뚜기가 시킨다더니 네놈 덕분에 인마, 우리 반이 꼴찌다." 하는 바람에 나는 그날로 꼴뚜기가 되었다.

"꼴뚜기, 좋은데? 이제 넌 폭파 전문 꼴뚜기야. 폭파 전문가가 실명 쓰는 경우는 거의 없거든. 글로벌 스탠더드지. 앞으로 무얼 폭파할지는 차차 알아 가면 되고."

폭파 전문 꼴뚜기? 참, 기가 막힌다.

"자, 통성명도 했으니 이제 본격적인 기술 전수에 들어가자고."

스컹크 아저씨는 다시 차를 몰았다.

"어디로 가는 거예요?"

"목동 학원가로. 동시에 세 명한테서 의뢰가 들어왔거든."

시계는 5시를 가리켰다. 목동 아이들이 집에서, 또는 피시방에서 학원으로 들어가는 시간이다. 이 시간이면 상가 엘리베이터가 늘 만원이다.

스컹크 아저씨는 종이 뭉치를 꺼냈다.

이름: 한상운. 별명: 야한상운. 폭파 대상: 발바리영어학원

접수 내용: 발바리영어학원에 내가 사인펜으로 그려 놓은 '(PUSH) 버튼'을 누르면 정말로 학원이 붕괴됐으면 좋겠다. 1분이라도 늦으면 바

로 집으로 전화해서 아주 사람을 잡는다.

이름: 고성환. 별명: 고자. 폭파 대상: 발바리영어학원

접수 내용: 우리가 무슨 기계도 아니고, 하루에 단어를 150개씩 외우는 숙제를 낸다. 발바리영어학원에서 내가 필통을 20번 쓰다듬으면 지니가 나타나서 학원을 싹 쓸어 버렸으면 좋겠다.

이름: 박정윤. 별명: 식인돼지. 폭파 대상: 발바리영어학원

접수 내용: 영어학원에 UFO가 추락해서 수업 안 했으면 좋겠다. 오늘도 11시에 끝난다고 한다. 내 꿈은 출판사에서 일하는 건데, 요즘은 책 읽을 시간도 없다.

"진짜 이거 가만히 두면 안 되겠네요."

내가 말했다. 스컹크 아저씨는 자랑스럽게 대답했다.

"그래서 우리가 있는 거 아니겠어? 이런 분노를 방치하면 살인 나고 전쟁 터진다고. 꿈에서라도 이렇게 쳐부수고 해야 스트레스가 풀리지. 우리 때문에 그나마 전 세계 평화가 유지된다고 보면 돼."

풋. 갖다 붙이기는. 볼라덴이 웃었다.

"가자. 난 본업은 성형외과 폭파지만 일손이 부족하면 학원 폭

파도 담당하지. 지금부터 너한테 기술을 전수해 주마."

학원으로 올라가는데 첫 폭파라 그런지 약간 긴장이 되었다. 나는 긴장도 풀 겸 볼라덴에게 말을 걸었다.

"근데요……."

"왜?"

"왜 성형외과 폭파 전문가가 됐어요?"

그러자 그녀의 시선이 내게로 향했다. 다시 봐도 부자연스러운 얼굴이다.

"성형외과가 모든 사람을 예쁘게 해 주는 요술지팡이 같지? 나도 처음엔 그랬어. 하면 할수록 내 콤플렉스가 지워졌으니까. 사람들이 날 보는 시선도 달라지고. 근데 시간이 지나면서…… 부작용이 나타난 거야. 지금처럼 사람 같지 않은 기괴한 모습으로. 그 병원은 핑계만 대면서 아무렇지도 않게 돈벌이에 골몰하고 있지. 뭇 여인들의 미모 콤플렉스를 자극하면서. 내 분노를 가라앉히려면 아직 멀었어."

볼라덴은 아무렇지도 않게 말했지만 그녀의 얼굴엔 분노가 서려 있었다.

학원에 도착하자 볼라덴은 선글라스를 쓰면서 나한테도 하나를 건넸다.

"분노가 보이는 선글라스야. 비싼 거니까 잃어버리면 안 돼. 우리 회사에 두 개밖에 없거든."

나는 무슨 말인가 싶었지만 일단 써 보았다. 어차피 꿈속인데 안 될 게 뭐가 있냐.

그러자 학원 바닥으로 굴러다니는 분홍색 털실 뭉치 같은 게 보였다.

"보이니? 저게 바로 분노 덩어리야. 이 학원 애들이 느낀 분노, 짜증, 한탄, 피로, 학원이 폭파되는 공상…… 같은 게 몸에서 떨어진 거지."

볼라덴은 주머니에서 USB칩 같은 걸 꺼내더니 그 덩어리에다 쑥 하고 밀어 넣었다.

'분노 덩어리'에서 전기 파장 같은 게 일어나는 듯하더니 학원 사방에서 비슷한 덩어리들이 몰려들었다. 마치 자석에 붙는 클립들처럼 덩어리들이 서로 붙었다. 합쳐진 덩어리들의 크기가 거의 사람만 했다. 곧이어 USB칩 위에 숫자가 나타났다.

00:20

"20분 뒤에 이 학원은 폭파될 거야. 저 무수한 분노들도 함께 날아가지."

스컹크 아저씨 차를 타고 떠나는데 저 멀리서 학원 간판이 날아가는 게 보였다.

내게 맡겨진 첫 단독 폭파는 교육부 폭파였다.

"폭파 전문 꼴뚜기, 잘해 보라고!"

스컹크 아저씨가 격려와 함께 서류를 내밀었다. 오늘 하루 접수된 교육부 폭파 의뢰서였다. 거의 책 한 권 분량이다. 그러나 나는 의뢰서를 읽지 않았다.

'내가 교육부장관을 하든지 해야지 이거 원!" 이런 생각 안 해봤으면 솔직히 대한민국 청소년이 아니다. 성적, 왕따 이런 걸로 죽은 아이들은 또 얼마나 많은가. 아니, 다 그만두고라도 애들 학원 때문에 개고생하는 걸 그냥 내버려 두는 거, 방학을 줄인 거, 이건 정말 치명적이다.

교육부가 있는 건물 앞에는 사람들로 복작거렸다. 반값 등록금 실현하라, 학교폭력 대책이 왜 그따구냐, 경쟁교육에 아이들이 죽어 간다 등등의 피켓을 든 대학생, 중고등학생, 시민단체, 경찰, 취재 기자들이 서로 엉켜 붙어 있다. 선글라스를 착용하자 길에 가득 넘쳐나는 분노 덩어리가 보였다. 살짝 겁이 나긴 했으나 나는 볼라덴이 하던 대로 재빠르게 손을 놀렸다. 분노 덩어리에 USB를 꽂고, 덩어리들이 모이기를 기다려 시간을 확인한 뒤, 멀찍이 떨어져 폭파 장면을 지켜보았다.

펑…… 폭삭!

와우! '폭삭' 하는 그 명료한 소리가 나의 몸을 흔들어 놓았다.

"처음인데 아주 훌륭했다. 혹시 예전에 해 본 거 아니니?"

"프로의 향기가 막 느껴진다, 얘."

스컹크 아저씨와 볼라덴 선배가 옆에서 박수를 쳤다. 만날 구박만 받다가 오랜만에 듣는 칭찬이었다. 영어 못한다, 수학 못한다, 누군 외고 가는데, 누군 자사고 가는데… 이딴 소리만 들어왔는데 말이다. 그래, 나도 뭔가에 소질이 있는 거였다. 가정법 못한다고, 함수그래프 못 푼다고, 사람 취급도 안 하면 곤란하지.

스컹크 아저씨는 자랑스럽다는 듯 말했다.

"사실 폭파하는 게 쉬워 보여도 삘(Feel)이 꽂혀야 하는 거야. 삘 없으면 USB를 꽂아도 분노가 안 모이거든. 근데 너는 아주 훌륭하다."

"또 폭파할 데 없어요? 뭐든 맡겨 봐요."

나는 자신만만해졌다.

"안 그래도 그럴 생각이었다. 너는 진짜 유망주다. 자, 여기 남은 폭파 목록!"

이름: 김유현. 별명: 국민조카. 폭파 대상: 왕엔터테인먼트
접수 내용: 이 기획사를 벗어나고 싶다. 출연료도 다 가로채고 노예계약까지 당했다. 하지만 카메라 앞에선 언제나 웃어야 한다. 누가 이런 내 마음을 알아줄까.

이름: 만돌라. 별명: 꿀통. 폭파 대상: 솔호염색공장
접수 내용: 벌써 13개월째 월급이 밀렸다. 고향 파키스탄에 있는 아들은 등록금이 없어 학교도 그만두었단다. 사장님께 항의하니 오히려 나를 불법체류자로 고발하겠단다. 우리 사장님은 돈이 없어 월급을 못 준다면서도 자기 딸 아들은 외국으로 유학을 보냈다. 가족과 고향이 그리울 뿐이다.

이름: 김윤서. 별명: 콜라병. 폭파 대상: 불가사리헤어살롱
접수 내용 : 머리가 이게 뭐야? 내가 원한 건 이게 아니었다고. 살짝 웨이브 넣어서 곱슬퍼머 해 달랬더니 완전 할머니 보글퍼머를 해 놓았다. 우린 헤어스타일이 목숨인데 내일 학교를 어떻게 가란 말이냐!

이름: 한동민. 별명: 꼴뚜기동생. 폭파 대상: 우리 집 하푸아파트 가동 803호
접수 내용: 이번 시험 망했다! 집에 가면 죽도록 엄마한테 싸맞겠지?

형은 자기도 못하면서 나한테 엄청 뭐라고 하겠지. 아빠 스마트폰 뺏을 거고. 아, 집이 폭파되던지 해야지.

한동민? 맨 마지막 의뢰인에 눈이 갔다. 낯익은 이름이다. 한동민이라…….

잠깐! 하푸아파트 803호? 그럼 내 동생 동민이? 꿈속에 있느라 까맣게 잊고 있었다!

이놈은 우리 집을 왜 날려 먹겠단 거야? 아무리 시험을 못 봤다 해도 그렇지. 어떻게 식구들이 사는 집을 날려? 게다가 아빠가 당뇨에 협심증에 온갖 병을 주렁주렁 달고 이걸 장만하시느라 얼마나 고생하셨는데, 그깟 구박이 무서워 집을 폭파해? 덜돼먹은 놈 같으니라고. 가서 정신 번쩍 들게 혼구멍을 내 줘야겠군. 내가 먼저 봐서 다행이지, 하마터면 우리 가족 다 날릴 뻔했네.

나는 지체 없이 스컹크한테로 갔다.

"아저씨, 이거 우리 집이에요! 취소해요."

"응? 그게 무슨 말이냐. 신뢰도 백 퍼센트인 우리 회사가 취소라니. 내로라하는 대기업들도 쌓지 못한 금자탑이란 말이다."

"날 보고 우리 집을 부수란 말이에요? 지금 장난해요?"

"그렇게 치면 너도 가게, 공공시설 가리지 않고 다 부셔 봤잖냐."

뭐, 그렇게 말하니 할 말은 없다. 하지만 아무리 꿈이라도 내 집, 내 가족을 어떻게 폭파한단 말이냐! 빨리 돌아가서 녀석의 마음을 돌려야 한다.

"나, 돌아갈래요. 내 시간 가져가세요."

"너 프로인 줄 알았는데 형편없는 소심쟁이구나!"

"상관없어요. 얼만데요."

"오년 육 개월 채우려면 일주일은 있어야 하는데, 넌 하루도 못 채웠다. 인정하지? 그래도 아까 교육부 잘 날렸으니 일 년 이 개월은 빼 주마. 총 사 년 오 개월이다."

"그럼 그거 가져가고 나 풀어 줘요."

"뭐, 그렇게 확고하다니 어쩔 수 없지. 난 네가 좀 더 일해 줬으면 했는데. 그럼 넌 원래 수명에서 사 년 오 개월 일찍 죽는 거다. 동의하지?"

"네, 빨리요."

"혹시 이따라도 딴 생각나면 다시 돌아와라. 내가 준 목록 갖고 있지? 언제든 진심으로 폭파를 꿈꾼다면 내가 친히 찾아가겠다. 그리고 마지막으로 진짜 중요한 거 하나 더."

"또 뭔데요."

"이건 규정이라 나도 어쩔 수 없다."

그러면서 스컹크는 서류 한 장을 내밀었다.

폭파 전문가가 폭파 의뢰를 거부하는 것은 편식보다 더 나쁜 편폭(偏爆)으로서, 국제폭파전문가협회의 이름으로 엄격하게 금지한다. 만일 의뢰를 거부할 시에는, 그 대상이 현실에서 폭파되도록 하여 뼈저리게 깨닫도록 한다.

"알았지? 난 국제기준을 준수한 것뿐이다. 네가 떠나고 두 시간 뒤에 폭파할 예정이니까 네가 알아서 해 봐라. 빨리 가서 동생 마음을 돌리든지."

스컹크 아저씨는 우리가 처음 만났던, 학교 운동장으로 날 데려다주었다.

학교는 폭파된 상태 그대로다. 건물 더미에서 아직도 연기가 피어오르고 있다. 다시 봐도 놀라운 광경……저것도 꿈에서 깨면 돌아와 있겠지.

그는 운동장에 굴러다니는 분노 덩어리를 내 주위로 모았다. USB가 꽂히고 나는 눈을 감았다. 이제 귀환만이 남았다.

펑!

꿈속 풍경이 뒤섞이며 점차 흐릿해졌다.

내가 지금 '폭파'되고 있는 걸까. 아무것도 느껴지지가 않았다.

다시 또렷해지는 풍경, 비몽사몽 하는 눈꺼풀을 형광등 빛이 잡아당긴다.

"야, 밥 안 먹어? 넌 어떻게 내리 네 시간을 자냐?"

내 짝 경수 녀석이 식판을 옆구리에 낀 채 내 등짝을 때리고 있다.

나는 주위를 둘러보았다. ……우리 반 교실이다. 여드름꽃이 만발한 경수 놈 얼굴을 보니 현실로 돌아온 게 맞긴 맞는 모양이다. 근데 벌써 점심시간이라고?

아참, 우리 집!

나는 밥이고 뭐고 후다닥 외출증을 끊고 밖으로 나왔다.

지금 밥이 문제냐. 두 시간 뒤에 실제 폭파가 진행된다고 했다. 이 인간들은 진짜 폭파를 감행할지도 모른다. 그전에 동생 놈 마음을 돌려놓아야 한다. 오늘이 개교기념일이랬으니까, 놈은 아마 지금쯤

컴퓨터를 하거나 퍼질러져 자고 있을 것이다.

일단 엄마에게 문자를 보냈다.

[엄마, 동민이 어디 가지 못하게 붙들어 두세요. 저 지금 가요.]

그리고는 전속력을 내어 뛰기 시작했다.

망할 동생 놈, 망할 국제협회, 망할 스컹크! 사이코들 땜에 우리 가족 다 죽게 생겼네!

헐레벌떡 집 앞에 도착했을 때는 온몸에서 땀이 줄줄 흘러내렸다.

이게 무슨! 하필 엘리베이터가 꼭대기에 가 있다. 나는 엘리베이터를 포기하고 비상계단을 뛰어 올랐다. 한 층 한 층 올라갈 때마다 식은땀이 얼굴을 타고 흘러내렸다.

하느님, 부처님, 공자님, 선생님, 잘못했어요. 제발 우리 가족만은 살려 주세요. 이제 더 이상 폭파 안 할게요. 제발……. 우리 집이 있는 8층에 도착했을 땐 딱 실신 직전이었다.

나는 거의 반쯤 질질 짜며 집 문을 열었다.

그 이상한 꿈인지 뭔지 땜에 엄마, 동생, 누나, 다 죽게 생겼구나.

문을 여는 순간, 폭음 소리가 귓전을 울렸다.

펑

불쌍한 동민이, 왜 철없는 공상을 해서.

펑

우리 누나는 공부만 하다 죽는구나.

펑

엄마, 미안해요. 저도 공부 잘하고 싶었어요.

응? ……소리가 작네?

나는 그제야 눈을 비비고 크게 떴다.

동생이었다. 뒤에 누나도 있다. 엄마도 거실에서 나오신다.

아, 아직 폭파 전인가? 나는 어리둥절해서 허공을 날리는 색색의 끈을 바라보았다.

그것은 밝고 경쾌한 색의 폭죽이었다.

이어 케이크가 등장했고 열여섯 개의 초가 보였다. 후, 하렴. 후—.

후우—.

길게 이산화탄소를 내뿜으며 나는 혼이 빠져나가는 듯한 기분이 들었다.

다리가 후들후들 떨리며 털썩 주저앉고 말았다.

“형, 축하한다니까. 형! 형!”

“암만 생일 챙겨 먹는 게 급해도 그렇지 공부하다 말고 오는 놈이 어딨냐, 그래.”

박수소리가 들리고 다시 폭죽이 터졌다.

펑, 펑.

그 경쾌한 소리를 들으며 나는 모든 것이 제자리로 왔음을 깨달았다.

후기

마지막 부분이 좀 느닷없죠? 박민규 작가의 〈카스테라〉처럼 신선한 반전을 생각하다가 적은 것입니다. 집이 실제로 폭파된단 얘기에 허겁지겁 달려가 봤더니, 폭파 대신 폭죽이 터지고 생일케이크가 나오죠. 완벽히 현실로 돌아왔음을 속삭이며 이 소설을 마무리했습니다.

저는 이 글을 쓸 때 어깨의 힘을 빼고 썼습니다. 세상에 대한 전방위적인 풍자이기 때문에 즐거운 마음으로. 'Don't speak Korean'이란 문구가 곳곳에 붙여진 학원에서 'ENGLISH CONVERSATION'을 들으며 고통을 겪던 경험이 있어 잘 써졌지요. 누군가 낙서한 '학원폭파버튼'을 슬며시 눌러 본 적이 있는 독자라면, 이 소설이 크게 와 닿았을 겁니다.

또 하나, 이 소설 자체만으로도 저는 하나의 풍자라고 생각합니다. 현실의 스트레스를 꿈에서밖에 해결할 수 없는 이 세상에 대한 것 말입니다. 그래서 게임이나 스마트폰에 빠지는 거 아니겠어요? 허구를 씀으로써 허구를 비판한다, 이게 제가 숨겨둔 또 하나의 주제입니다.

아참, 교육부 폭파했다고 저 학교에서 잘리는 거 아니겠죠? 이건 그냥 꿈이라니까요, 꿈!

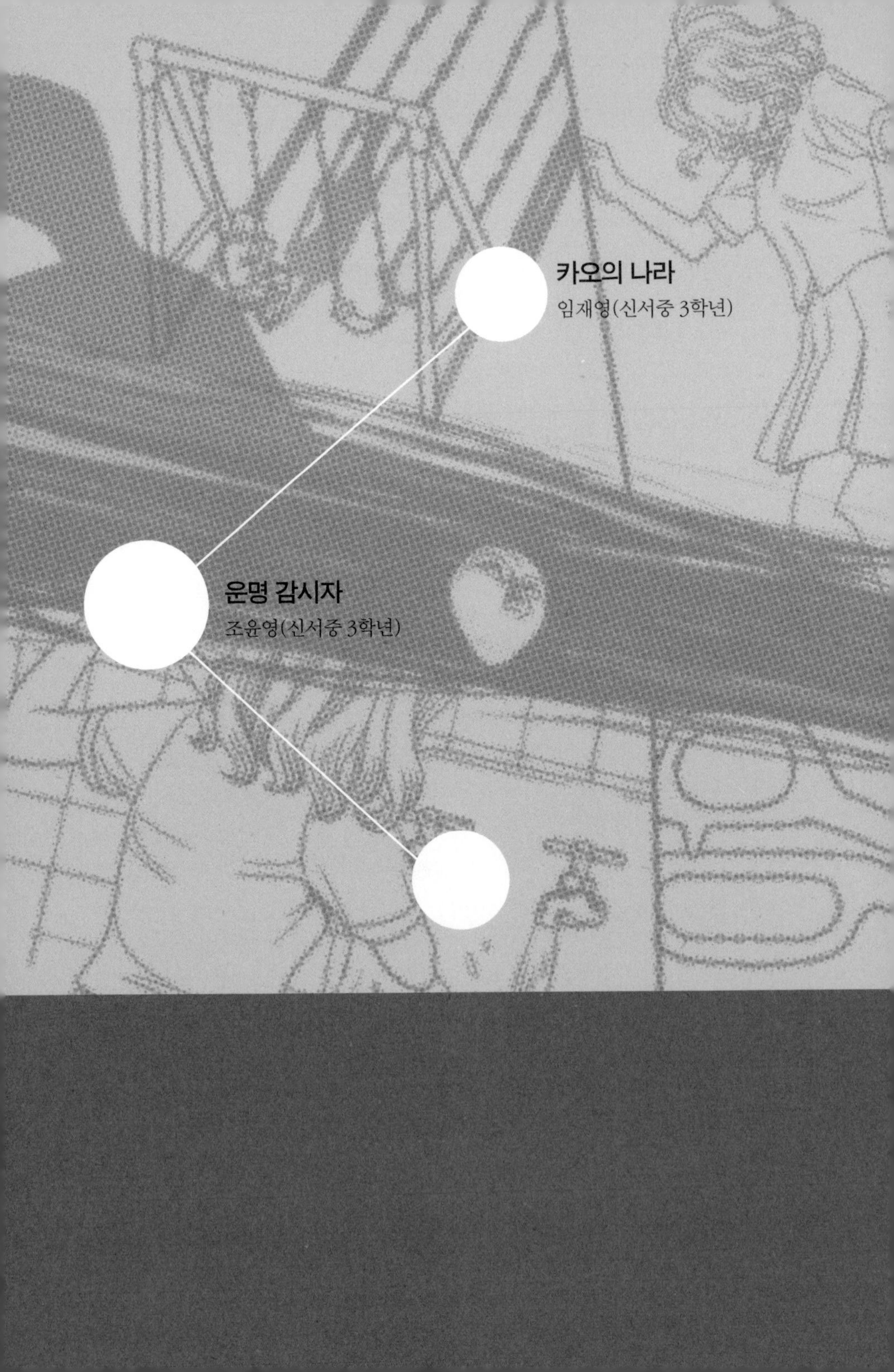

카오의 나라

임재영(신서중 3학년)

운명 감시자

조윤영(신서중 3학년)

노 怒

분노〉 질풍노도,
무엇이 우리를 분노하게 하는가

카오의 나라

임재영(신서중 3학년)

깊은 밤 혼자 있을 때, 뒤에서 무언가 기척이 느껴질 때가 있지 않는가. 누가 스쳐 간 것 같아 문을 열어 보면 아무도 없고, 괜히 마음만 스산해지는.

지난밤에 비몽사몽 꿈을 꾼 사람도 있을 것이다. 내용은 또렷하지 않으나 누군가와 긴 이야기를 나눈 듯한.

……그렇다면, '그들'이 다녀간 것이다. 이 이야기는 바로 '그들'에 대한 기록이다.

1

달빛의 파편이 어둠 속에서 흔들린다.

도시를 채우던 소음도 이제 들리지 않고, 건물들은 어둠 속에 조용하게 웅크리고 있다.

58호 사내는 학교 화장실 밖으로 나왔다. 학교를 둘러싼 아파트 위에 달이 힘겹게 걸려 있다. 58호는 긴 숨을 내쉬며 복도 바닥에 주저앉았다. 희끗한 머리를 쓸어내리는 사내의 손마디마다 굳은살이 잡혀 있다.

달칵, 수도꼭지 여는 소리가 들리더니 이웃한 여자화장실에서 물소리가 들린다.

곧이어 앳된 소녀 하나가 걸어 나온다. 앞머리로 이마를 덮은 모습이 여느 동네 소녀들과 다를 게 없다. 소녀는 남색에 분홍이 섞인 체크무늬 교복을 입고 있다.

58호 사내는 건조한 목소리로 묻는다.

"손은 왜 씻니? 어차피 또 더러워질 텐데."

"이러면 살아 있다는 기분이 들거든요. 뭐, 기분 좋은 착각이지만요."

소녀는 허공에 물기를 털어 낸 뒤, 찡그린 얼굴로 목을 매만졌다.

그녀의 목을 감고 있는 검은 줄에는 '71'이라는 숫자가 선명하다. 그녀는 답답한 듯 목줄을 한쪽으로 잡아당기며 맞은편 벽에 기대앉았다.

71호 소녀는 잠깐 조는가 싶더니 금세 고개를 떨구고 곯아떨어진다. 색색거리는 숨소리가 끊어질 듯 힘겹게 이어진다.

58호 사내는 소녀를 볼 때마다 이승에 남겨둔 그의 딸 생각 때문에 괴롭다. 열다섯 살, 딸 수아가 딱 71호 또래였다. 학교는 잘 다니는지, 밥은 잘 챙겨 먹고 있는지.

너만은 절대 포기하면 안 된다…… 사내는 자신이 죽던 날을 떠올리며 간절한 목소리로 중얼거린다.

그는 죽기 전 염색 공장의 노동자였다. 가난하여 못 배운 탓에 이리저리 떠돌다가 마지막으로 취업한 곳이 염색 공장 일용직이었다. 공장은 늘 지독한 화학염료 냄새로 가득했다. 슬레이트 지붕 아래 온갖 악취와 소음 속에서도 그는 꿋꿋이 딸 수아를 위해 일했다. 노래도 잘 부르고 공부도 제법 하는 수아는 사내의 유일한 보람이었다.

그러나 입사한 지 일 년도 채 안 된 어느 날, 공장에서 큰 불이 났다. 과열된 건조기에서 시작된 불이 원단으로 옮겨 붙은 사고였다. 사내는 가까스로 목숨을 구했으나 온몸에 화상을 입고 병원 신세를 져야 했다. 하지만 회사는 모른 척 발뺌을 했다. 일용직이었기에 보험 혜택도 받을 수가 없었다. 살림은 월세를 내기도 빠듯해졌고, 아내는 결국 집을 나갔다. 혼자서 병간호를 맡게 된 수아는 밤마다 숨죽여 울었다. 붕대 속에서 수아의 울음소리를 들을 때마다 그의 가슴은 찢어지는 듯했다. 앞으로 병원에 얼마나 더 있어야 할지 모른다. 결국 사내는 자신이 없어지는 것만이 딸을 자유롭게 해 주는 길이라는 결론을 내렸다.

"미안하다, 수아야. 못난 아빠를 만나 이 고생이구나."

딸이 잠든 사이, 사내는 서랍에 숨겨 두었던 수면제 한 움큼을 삼켰다.

그가 깨어난 곳은 희뿌연 안개로 가득찬 방이었다.

그 거대한 방은 웅성거리는 사람들로 빽빽했다. 사람들의 하반신은 안개에 가려 보이지 않고, 목엔 일련번호가 적힌 검은 목줄이 매어져 있었다. 그의 번호는 58호. 사내의 이름은 어느새 기억에서 사라지고 번호만이 그의 머릿속을 맴돌았다.

"카오들이여, 경청하라."

그때 어디선가 크고 웅장한 목소리가 울려 퍼졌다. 사내는 주위를 둘러보았으나 안개에 가려 아무것도 보이지 않았다.

"너희들은 이제 사람이 아니다. 스스로 목숨을 끊은 너희들을 이곳에선 '카오'라 부른다. 죽어도 죽은 게 아니라는 뜻이다. 염라대왕께서는 오늘 날짜로 백 년간 너희 카오들의 넋을 회수하실 것이다. 너희들은 백 년 뒤에야 다시 이곳에 모여 대왕의 심판을 받을 수 있다. 저승의 주소지는 대왕의 판결에 따라 정해진다. 그때까지 카오들은 각자 주어진 형벌을 받으며 대기한다. 이승에서 주어진 삶을 다 채우지 못한 죗값이다. 자세한 것은 감시조(監視鳥) 우름에게 들으라!"

말이 끝나자 여기저기에서 다시 웅성거리기 시작했다.

무슨 말이야? 백 년간 대기라니? 또 카오는 뭐고.

그러나 웅성거림은 오래가지 않았다. 곧 수십 마리의 까마귀 떼가, 안개 속 저편에서 일제히 날아들었기 때문이다. 요란한 울음소리는 귀를 찢을 듯하고, 발톱은 날카롭게 번뜩였다.

공포에 질린 사람들이 이리저리 엉키면서 이내 방안은 아수라장이 되었다.

까마귀들은 킬킬대며 그들 사이를 파고들었다. 사내는 새들의 기괴한 생김새에 놀라 그대로 주저앉고 말았다. 까마귀의 몸에 사람의 얼굴을 가진, 그들은 영락없는 괴조(怪鳥)였다.

"우리가 우름이다!"

그들 중 하나가 소리쳤다.

"너희 카오들은 오늘부터 우리들의 관리를 받는다. 이미 들은 대로 너희들은 이승 날짜로 11월 4일 스스로 목숨을 버린 카오들이다. 카오들은 앞으로 백 년간 고행 공덕을 쌓아야 염라왕 심판대 앞에 설 수 있다."

우두머리인 듯한 그가 카오들의 머리 위를 낮게 스치듯 날았다.

"모두 손톱을 보라."

사내는 자신의 손톱을 들여다보았다.

오른쪽 손톱은 깨끗한데 왼쪽에는 무언가 하얀 문양 같은 것이 새겨져 있다. 이승에서 보았던 손톱이 아니다.

"손톱에 그려진 것이 너희들이 이승에서 행한 행적이다. 선한 마음과 행동은 왼쪽에 하얀 문양으로, 정반대의 악한 것들은 오른쪽에 검게 새겨져 있을 것이다. 대왕님께선 그 손톱을 살펴 심판을 하신다. 하얀 왼쪽 손톱은 천국 '오르카'로, 검은 오른쪽 손톱은 지옥 '나라카'로 떨어진다. 오르카는 먹지 않아도 배부르고 눕지 않아도 평온한 곳이며, 반대로 나라카는 너희가 상상조차 할 수 없을 지옥이다. 사랑하는 이의 심장을 바늘로 찌르는 환영에 빠져 고난의 세월을 보내야 한다."

"앞으로 우리가 대체 뭘 해야 한단 말이오?"

사내가 떨리는 목소리로 물었다.

"아까 들었듯이 백 년 동안 형벌을 받으며 대기해야 한다. 누구는 칼로 변해 짐승의 살을 잘라야 하고, 누구는 쓰레기통으로, 혹은 용광로로 변해 뜨거운 쇳물을 받아 내야 할 것이다. 그런 뒤에야 대왕님께 심판을 받을 기회가 주어진다."

“모두 억울하게 죽은 사람들인데……너무 가혹한 일이잖소!”

누군가 비명을 지르듯 소리쳤다.

“몇 번을 말해야 알아듣겠는가. 스스로 목숨을 버린 죄가 무엇보다 크다고!”

우름이 눈을 부라리며 소리쳤다. 카오들은 모두 신음을 내며 주저앉았다.

이건 너무하다, 58호 사내는 속으로 생각했다. 오죽하면 죽음을 택했겠는가. 다 현실에서 내몰린 불쌍한 낙오자들인데, 위로를 받아도 부족한 판에 백 년 형벌이라니.

그러자 그의 마음을 읽기라도 한 듯, 우두머리 우름이 낮은 목소리로 말했다.

“어쨌거나 이제 돌이킬 수 없다. 다시 이승으로 돌아갈 수는 없는 일, 만만치 않겠지만, 참고 견뎌라. 견뎌야 염라왕을 뵐 수 있다.”

과연 우름의 말대로 고행은 만만치 않았다.

58호 사내가 부여받은 역할은 학교의 변기였다. 해가 뜨면 학교의 변기로 변해 입을 벌리고 아이들의 똥오줌을 받아내야 했다. 때로는 지독한 담배냄새를 맡거나 발로 채일 때도 있었

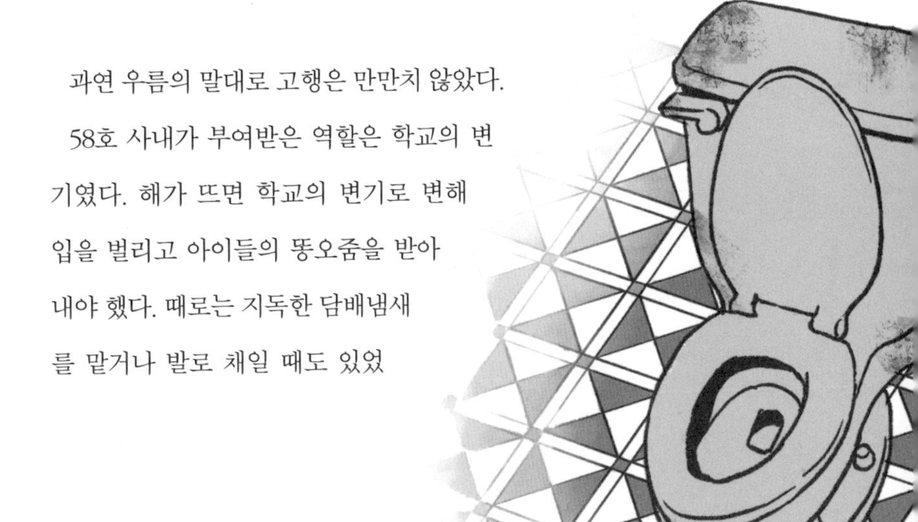

다. 그러나 그는 아무 말도 할 수 없었다. 그는 단지 더러운 변기에 불과했기에.

새벽 무렵 본 모습으로 돌아와 손톱만큼 쉬는 시간을 빼고는 온종일 변기의 얼굴로 똥오줌을 마주해야 하는 일은 상상할 수도 없는 고역이었다.

그리고 그로부터 몇 주 뒤, 71호 소녀가 이웃한 여자화장실에 나타난 것은 막 겨울이 시작될 무렵이었다.

2

창문으로 스산한 바람이 흘러 들어온다.

사내는 낡은 옷깃을 여몄다. 곧 날이 밝을 것이다. 변기로 돌아갈 시간이 가까워지고 있다.

71호 소녀는 아직 잠들어 있다. 그녀의 오른쪽 손톱은 티 없이 깨끗하다.

사내는 소녀의 손톱에서 그녀의 애처로운 과거를 본 적이 있다.

죽은 자들은 손톱을 통해 서로의 사연을 읽을 수 있는데, 사내가 그의 왼쪽 손톱을 소녀의 왼쪽 손톱에 맞대자 소녀의 유서가 그의 머릿속에 나타났다.

엄마, 미안해
노력했지만 성적이 또 떨어졌어.
열심히 해도 점수는 제자리이고…….
내 앞에 또 얼마나 피 말리는 경쟁이 있을지,
그리고 그 경쟁에서 이길 자신도 없어.
수백 번 생각했지만 답이 안 나와.
죽으면 더 좋은 세상으로 가지 않을까.
엄마, 아빠, 그리고 우리 강아지 해피,
나 없어도 잘 지내야 해.

71호의 아빠는 의사였다. 아빠는 공부 못하는 딸을 이해하지 못했다. 학창 시절 늘 수석을 달려왔던 그는 공부를 못하는 것은 게으름 때문이라고 생각하는 사람이었다. 그러나 71호는 게으르지 않았다. 잠도 줄여 보고 밤새 학원도 다녀가며 열심히 했지만 성적은 늘 제자리였다.

"이 성적으로는…… 일반고에 진학한다고 해도 원하는 대학은 장담하기 어렵습니다. 차라리 전문계고를 생각해 보시지요?"

담임 선생님을 면담한 날, 아버지는 인사불성으로 술을 마시고 들어와 벽에 머리를 쿵쿵 찧었다. 소녀는 자기 때문에 괴로워하는 아빠가 무섭고 원망스러웠다. 노래를 만드는 거라면 누구보다 잘

할 수 있다는 말은 꺼내 보지도 못했다.

그리고 기말고사 둘째 날, 그녀는 강아지 해피를 품에 안고 유서를 써 내려 갔다.

3

"이제 가야지."

58호는 71호 소녀를 깨웠다. 그녀는 몸을 일으켜 세우다 헛구역질을 했다.

그때였다. 푸덕푸덕 날갯짓 소리가 들리더니 창가에 우름이 나타났다. 이런 때는 우름조차 반갑다.

나중에 안 사실이지만, 우름도 다른 종류의 카오였다. 그들은 다른 카오들을 감시하는 역할을 수행하며 백 년 형벌을 받는 중인 것이다. 염라왕의 눈치를 살피느라 짐짓 고약하게 굴 때가 많았지만, 한편으로 저승 소식을 전해 주는 소식통이기도 했다.

"58호! 소식 들었는가?"

우름이 주위를 살피며 낮은 목소리로 말했다.

"소식?"

그러니 보니 우름의 표정이 심상치 않다. 사내는 고개를 저었다.

"아무래도 이 학교에 있는 카오들이 곧 나라카로 소환될 것 같네."

나라카? 이게 무슨 소리인가? 아직 백 년까지는 한참 남았다. 더욱이 아직 염라왕 심판도 받지 않았고, 오른쪽 손톱도 깨끗한데 무슨 나라카란 말인가.

사내는 가슴이 덜컹 내려앉는다.

"그 모래 탑 알지? 나라카 용암바다에 세우는 것 말일세. 8052대 염라왕이 조금 있으면 임기를 마치는데, 임기 중에 탑을 완성하겠단 각오가 아주 대단하지. 그래서 공사에 부족한 노동력을 더 불러들이라는 소환령을 명했다네. 아까 우두머리 카오들을 모두 불러들였어. 곧 사냥이 시작될 것 같아. 그렇다면 여기도 위험해!"

58호와 71호는 서로 얼굴을 마주보았다. 둘의 얼굴엔 공포가 서린다.

58호는 우름에게 나라카에 대한 이야기를 귀에 못이 박히도록 들었다.

끝없이 펼쳐져 달아오르는 거대한 용암바다. 그 위에 건설되는 모래 탑. 모래가 쌓일 때마다 곧장 용암에 녹아 버리는 바람에 그 공사는 사실상 불가능한 일이었다. 그러나 염라왕의 일념은 수백 년이 지나도록 바뀌질 않고, 덕분에 지옥의 혼령들은 이 끝도 없는 노동에 죽음 이후의 삶을 바치고 있다. 자신이 사랑했던 사람의 심장을 찌르는 환영에 시달려 가며. 게다가 혀가 잘려 고통을 표현조차 할 수 없다.

58호는 우름을 향해 소리쳤다.

"나나 저 71호나 나라카로 갈 만큼 죄를 짓진 않았네. 열심히 살았고, 남을 동정할 줄도 알았는데. 죄라면 스스로 목숨을 포기한 것뿐. 그런데 심판도 받지 못하고 나라카라니……. 이건, 말도 안 되는 일이야."

우름은 짐짓 사내의 시선을 외면했다.

"같은 카오로서 참 미안한 일이지만, 나도 어쩔 수 없네. 누가 염라왕의 명을 거역할 수 있겠는가. 빠르면 내일 새벽에 저승의 사자(使者)들이 들이닥칠 거네. 인정사정없는 게 그들이야."

"만일에 도망친다면?"

사내가 묻자 우름은 고개를 저었다.

"사자보다 빠른 놈은 이 세상에 없네. 게다가 새벽엔 대왕의 마력까지 더해지지. 설령 운 좋게 그들을 벗어난다 해도…… 영원히 저승의 세계로 돌아올 수 없다네. 눈도 귀도 없이 먼지바람에 섞여 영원히 이승을 떠도는 것이지. 들을 수도 볼 수도 없는 채로 말이네. ……이건 나라카로 가는 것만큼이나 끔찍한 일이지."

사내는 고통스런 표정으로 머리를 감싸 쥐었다.

……아무리 그렇더라도 나라카로 끌려갈 수는 없다!

4

하루가 또 간다.

여느 때처럼 학교는 소음과 웃음소리, 욕과 폭력, 쓰레기로 가득 찼고, 71호와 58호는 그들의 배설물을 받아 냈다. 아이들은 네 시를 넘겨 일제히 교문을 빠져나갔다.

학교는 다시 정적, 새벽이 되어서야 58호와 71호는 변기에서 빠져나온다.

58호는 창가에 서서 짙은 하늘을 바라보았다.

밤은 검은 짐승의 털처럼 유난히 짙다. 곧 비가 올 기세다.

어쩌면 오늘…… 58호는 불안한 예감에 창문에서 시선을 뗄 수가 없다.

새벽에 사자들이 들이닥칠지도 모르네, 어제 우름이 전한 말이 귓전에 맴돈다.

71호는 아예 말이 없다.

얼마 지나지 않아 쏴아 소나기가 쏟아지기 시작한다.

순식간에 빗방울이 굵어지고, 곧이어 번쩍번쩍 벼락이 하늘을 가른다.

순간, 사내는 번쩍 비치는 섬광 사이로 낮게 내려 깔리는 검은 연기를 보았다.

온다! 사내는 71호의 손을 잡았다.

순식간에 학교가 검은 연기로 덮이기 시작한다.

동시에 위층에서 몇 차례의 비명 소리가 울려 퍼졌다. 사냥이 시작된 것이다.

비품 창고, 체육관 쪽에서도 연이어 비명이 터져 나온다. 이제 사자들은 이층으로 올 것이다.

사내의 머릿속에 탈출구 하나가 떠올랐다. 2층과 3층 사이 층계에 있는 창문, 아이들의 장난으로 부서져 있던 창문이다.

생각을 마치기도 전에 복도 저편에서 검은 연기를 앞세워 무수한 사자들이 질주해 왔다.

굵어지는 빗방울과 벼락으로 갈라지는 하늘, 그리고 천둥소리가 학교를 뒤흔든다.

순식간에 창백한 얼굴, 검은 영혼의 사자들이 복도를 가득 채운다.

사내는 소녀의 손을 잡고 뛰기 시작했다.

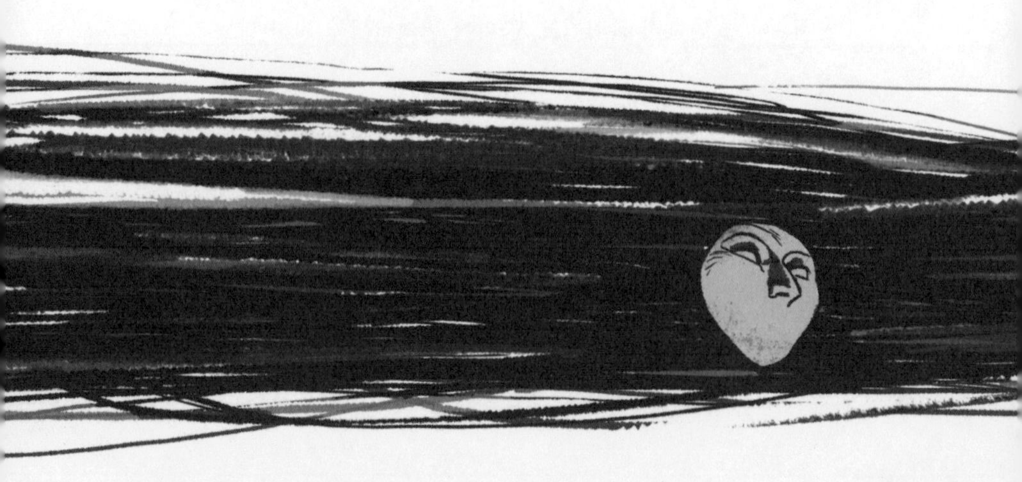

바로 등 위에서 사자들에 잡힌 쓰레기통, 대걸레, 분필, 의자 카오들의 비명 소리가 들린다.

검은 사자들의 소름끼치는 울음소리, 뿌리치는 손과 붙잡으려는 손이 뒤엉키며 곳곳에서 파장이 일어난다.

사내와 소녀는 마침내 부서진 창문 앞에 도착한다. 사자들이 바로 등 뒤까지 닥쳐온다. 지체할 수가 없다.

"뛰어!"

동시에 몸을 날렸다. 그러나 뛰어내리면서 58호는 71호의 손을 놓쳤다.

학교 밖은 검은 연기로 뒤덮여 한 치 앞을 분간할 수 없다.

58호는 검은 연기에 휩싸인 채 환영에 빠져든다.

……연기가 검은 망토로 바뀌어 사방을 에워싼다. 그는 눈을 떠 주위를 살핀다. 멀리서 71호의 비명 소리가 들린다. 거친 어금니와 뼈가 부딪히는 파열음. 이어 쾅, 벼락이 치며 순간적으로 58호의 몸이 허공으로 떠오른다. 배경은 어느새 숲으로 바뀌어 있다.

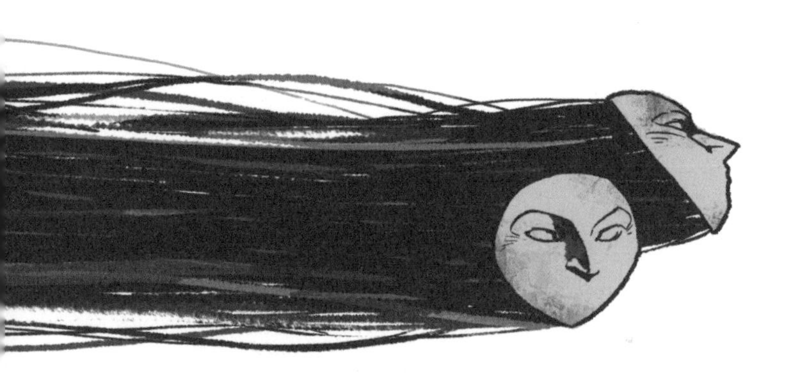

그는 벌떡 일어나 필사적으로 뛴다. 뒤쫓는 사자들의 눈엔 눈동자가 없다. 우거진 숲 저편에 빛이 보이기 시작한다. 빛이 점점 그에게로 다가온다. 눈이 타 들어갈 듯 뜨겁다. 하얀 눈깔의 사자들이 낄낄거리며 그를 벼랑 쪽으로 몬다. 절벽 밑으로는 검붉은 강이 소용돌이치며 흐르고 있다. 선택의 여지가 없다. 그는 그대로 뛰어내린다. 순간, 강물이 솟구쳐 오른다. 사내는 강물에 휘감겨 허공으로 솟아오른다. 주위의 모든 것들이 희미한 빛으로 보인다.

……서서히 모든 감각이 사라지며 유영한다.

5

58호 사내가 깨어난 곳은 학교 뒤편 나뭇가지 위였다.

나무 정령의 힘으로 사자들의 사나운 손길이 여기까지는 미치지 못했다.

사방은 조용하다. 58호는 문득 얼굴을 쓰다듬어 보았다. 눈이 없다. 귀를 만져본다. 귀도 없다.

"눈도 귀도 없이 먼지바람에 섞여 영원히 이승을 떠도는 것이지. 들을 수도 볼 수도 없는 채로 말이네."

우름의 말을 떠올리며 그는 탄식했다.

우름 말대로 그는 천년만년 떠돌이 귀신이 된 것이다.

이제 들려도 듣지 못하고 보여도 보지 못한다. 문득 손을 놓친

71호 소녀의 비명이 떠오른다.

소녀는 지금 무슨 일을 당하고 있을까.

사내는 신음 소리를 내며 몸을 일으켰다. 그러나 곧 찬 바람이 두둥실 그의 몸을 떠올린다.

그는 바람에 섞여 정처 없이 떠다니기 시작했다.

영원히 잠들지 못한 채로.

여기까지가 58호 사내를 포함한 '그들'에 대한 이야기다.

그들은 바람에 섞여 떠돌다가, 잠들거나 명상하는 자들의 영혼을 만나면 조용하게 속삭이는 것이다. 낙오자들의 비참한 이야기를, 그리고 죽은 자만이 할 수 있는 충고를.

그들의 목소리를 듣고 싶은가?

그렇다면 우선 핸드폰의 전원을 잠시 꺼 두어야 한다. 그들은 저승사자들의 마력을 닮은 전자파장을 본능적으로 두려워하므로.

그런 뒤 가만히 귀 기울이면 그들의 흐느낌 같은 소리가 들릴 것이다. 풀벌레 소리 같은, 나뭇가지를 스치는 바람 소리 같은. 누군가의 울음소리 같은.

"힘들어도 견뎌 이겨 내야 해. 이승을 포기하는 자에게 낙원은 없어. 저승은 또 다른 현실의 연속일 뿐이야. 힘들고 괴로울 때면 늘 왼손 손톱을 생각해. 이승이 행복해야 저승의 카오들도 편히 쉴 수 있는 거야."

후기

이 소설, 어떤가요? 너무 우울하고 딱딱한가요?

그렇게 느끼신다면 글쓴이로서도 할 말이 없습니다. 제가 쓰면서도 그런 기분이었거든요.

제가 이 소설에서 말하고 싶었던 것은 조금은 거창하게도, 사회 문제였습니다. 제가 그린 저승은 이승의 낙오자에게 다시 기회를 주기는커녕, 오히려 큰 고통만을 주는 세계입니다. 이건 낙오자에게 기회를 주지 않는 경쟁사회, 우리가 사는 대한민국과 닮았지요. 마지막에 58호가 탈출하는 부분에는, 이런 상황에 절망하여 모든 것을 포기하지 말고, 이겨 내야 한다는 메시지를 담았습니다. 사실 이게 제가 쓴 첫 소설이었고, 그래서 시행착오도 많았습니다. 무려 열 번 넘게 고쳐 썼다는 게 그 증거죠. 판타지란 낯선 장르에 나름 사회 문제를 다루고자 했기 때문에 더 그랬습니다. 하지만 소설을 고쳐 쓰는 과정을 통해 제가 한층 성숙해졌다는 것을 느꼈습니다. 끝으로 함께 애써 주신 이상대 선생님께도 감사를 드립니다.

운명 감시자

조윤영(신서중 3학년)

까놓고 이야기하자. 난 그림자다.

오늘도 나는 내 운명의 상대와 발맞춰 살아가고 있다.

나는 존재를 숨기기 위해 운명의 상대와 한 치의 오차도 없이 행동을 같이 한다. 그림자로서 실수를 하지 않고 똑같이 움직일 수 있는 것은, 상대의 판단을 읽을 수 있기 때문이다. 물론 운명의 상대는 전혀 눈치 채지 못할 것이다.

내 이야기가 좀 황당하고, 한편으로는 충격적일 것이다. 받아들이기도 어려울 것이다. 그럼에도 이 이야기를 하는 것은 나 같은 실수를 반복하지 않았으면 하는 바람 때문이다. 운명에는 우리가 그냥 인정해야 하는 몫도 있다는 얘기다. 그저 지나간 한때의 이야기만은 아니라는 것이다.

……내가 죽기 전, 중3 때 이야기부터 시작하는 것이 좋을 것 같다.

1

나는 그날 연습실 청소를 하고 있었다.

탭댄스 연습을 마치고 친구와 음료를 마시다가 그만 엎지르고 만 것이다. (나는 특별활동부서 탭댄스 동아리 멤버이다.) 친구는 학원 시간이 되었다며 내게 대걸레를 맡기고 가 버렸다. 내가 알기로는 그 친구는 오늘 학원이 없다. 결국 나 혼자 남게 되었다. 뭐 세상은 그런 거다. 마지막엔 마음 약한 사람이 다 짊어지게 돼 있다. 혼자 노는 걸 좋아하는 나로서는 이게 편할 때도 있다. 그러나 오늘은 힘들고 짜증스러웠다. 망할 계집애! 이제 대걸레만 빨면 청소는 끝이다. 긴 복도를 훑어봐도 나 혼자뿐이었다.

나는 수돗물을 틀어 놓고 멍하니 세차게 쏟아지는 물줄기를 바라보았다. 가끔가다 튀기는 걸레의 땟국물에 기분이 더 더러워졌다.

그때였다. 나를 스윽— 스쳐 지나치는 검은 형체를 본 것은.

순간 온몸에 소름이 쫘악 돋았다.

형체가 묘했다. 사람……? 맞다. 분명한 사람 모양이긴 했다. 그러나 사람은 아니었다. 정확히 표현하면 사람 모양의 어떤 덩어리 같은 것이, 소리 없이 걸어가고 있었다. 모습은 움직이는데 아무 소리가 나지 않았다.

나는 짧은 비명을 지르며 엉겁결에 대걸레로 그 형체를 덮쳤다. 사람의 생존본능이란 참.

대걸레에 눌린 형체가 해파리처럼 일렁거렸다. 그때 어린아이 소리 같은 것이 내 귓가에 들려왔다. 아야, 아파, 아파요. 모기 소리처럼 앵앵거렸지만, 분명한 음성이었다.

나는 고개를 두리번거렸다. 복도에는 아무도 없다. 그런데 이번엔 반대쪽에서 좀 더 어른스럽고 낮은 목소리가 들려왔다

"이봐! 너는 어느 소속의 감시자지?"

익숙한……, 이건 내, 내 목소리? 순간적으로 고개를 돌린 나는 실로 믿지 못할 상황을 보고야 말았다.

……어쩌면 나의 운명은 이때부터 뒤틀린 것인지도 모르겠다.

내 그림자가 내게서 떨어져 나오더니 개인적으로 혼자 움직이기 시작한 것이다.

그림자가 떨어질 때 머릿속에서 끈이 툭 끊어지는 듯한 느낌이 들었다.

"분명 혼자 떨어져 돌아다니거나, 사람 눈에 띄면 안 된다는 걸 알 텐데?"

내 그림자는 대걸레에 눌린 작은 그림자를 엄하게 꾸짖었다. 정

말 내 목소리와 똑같았다.

나는 너무 놀란 나머지 그림자를 누르고 있던 대걸레를 놓치고 말았다.

내 그림자가 나를 향해 말했다,

"이 상황이 전혀 이해되지 않겠지만, 일단 이 꼬마를 데려다주고 바로 오겠네. 자세한 건 돌아와서 설명하지. 먼저 집으로 가 있으면 내가 곧 따라갈게. 아, 집에 가만히 있는 게 좋을 거야. 그림자 없이 다니다간 의심받거든. 나와 이야기하고 싶으면 집게손가락으로 발뒤꿈치를 세 번 톡톡톡 두드리면 돼. 그게 우리 접선 신호야."

그리고는 작은 그림자를 끌고 복도 끝으로 사라졌다.

내가 아무리 판타지 소설에 빠져 산다고는 하지만 이때만큼은 정말 혼이 쑥 빠져나가는 기분이었다. 그림자가 따로 움직이다니. 누가 이 상황을 이해할 수 있을까. 그러나 분명한 것은 지금 내게 그림자가 없다는 것이다.

나는 어떻게 가방을 챙겨 집으로 왔는지 모른다. 대걸레를 바닥에 내팽개치고 허겁지겁 학교를 벗어났다는 것 말고는 아무것도 기억나지 않았다.

사람들은 봤을까?

그림자도 없이 미친 듯이 달려가던 한 소녀를.

2

한숨 자고 일어났더니 저녁 아홉시다.

나는 힘든 일이 생기면 무조건 자고 본다. 그 순간만큼은 아무 생각도 하지 않을 수 있으니깐. 어쩌면 그 상황으로부터 도망치고 싶은 마음 때문인지도 모른다.

침대에서 일어나자마자 나는 내 아래쪽을 확인해 보았다.

……있다!

내 그림자가 침대에 길게 드리워져 있었다. 나는 움찔 몸을 웅크렸다.

이건 진짜 황당한 일이다. 그간 아무 생각 없이 지나쳤던 그림자가 그 어떤 존재감의 덩어리라니. 순간 덜컥 겁이 나기도 했다. 차라리 모르면 좋았을 것을, 내가 어떤 복잡한 일에 얽히게 되었다는 부담감, 불안감 같은 것이 머릿속을 스쳐 갔다.

나는 한참 망설이다가 일단 그림자의 존재를 확인해 보기로 했다. 어쩌면 낮에 있었던 일은 환각이었는지 모르니까. 나는 떨리는 마음으로 발뒤꿈치를 톡, 톡, 톡, 세 번 두드렸다.

제발, 아무 일이 벌어지지 않기를.

그러나 기대와 달리, 기다렸다는 듯 곧바로 내 목소리가 귓가에

잉잉거렸다.

"불렀나?"

으아, 이게 꿈이 아니란 거다.

"아깐 놀랐지? 미안해. 참, 우리는 운명의 파트너니까 말을 놓기로 하지."

"……."

"아깐 그 꼬마 녀석이 실수를 하는 바람에 말이지. 아마 네가 자기 그림자의 본 모습을 본 최초의 사람일 거야. 최초이자 마지막이었으면 좋겠네. 어차피 이렇게 된 마당에 너도 알건 알아야겠지. ……사실, 모든 그림자들은 다 감시자야. 우리는 살아 있는 인간을 상대로 마지막 과제를 수행하고 있는 영혼인 거지. 죽으면 누구나 저 너머 세상에서 죗값을 치르고 인간으로 환생하는데, 환생의 마지막 단계가 그림자인 거야. 상대의 발목에 붙어서 그가 잘못을 저지르지 않도록 감시하고, 그가 잘못을 저지를 때는 적절하게 벌로 응징하면서 인간이 되는 마지막 예행 연습을 하는 거지."

"그, 그럼, 아까 그림자는……?"

"우린 철저하게 영혼 세계의 규율을 따라야 해. 우리들의 첫 번째 규율은 인간들에게 들키지 않는 것이고, 두 번째 규율은 운명의 상대를 한시도 떠나지 않는 거야. 그런데 어쩌다 보니 저 꼬마가 실수를 한 거고, 네가 마침 그 상황을 목격하게 된 거야. 녀석은 그림자가 된 지 얼마 안 된 신출이라서 말이지. 아, 그리고 이 상황은 너 혼자만 알고 있었으면 해. 이건 운명의 비밀이야. 이게 깨졌다가는 감시자의 세계가 더 이상 존재할 수 없게 되는 거고, 그렇게 되면 선악의 세계에 엄청난 혼란이 닥치게 돼 있어."

도대체 이게 무슨 소리야. 그림자가 감시자라니?

그렇다면 16년간, 아니 그것도 발목에 딱 달라붙어 나를 감시하고 살폈다는 거야? 맙소사. 밥 먹을 때도, 화장실에서 볼 일을 볼 때도, 학교에서 공부할 때도, 친구들과 수다를 떨 때도……. 으아아, 소름끼쳐!

"물론 부담스럽겠지. 그러나 좋은 친구가 하나 생겼다고 생각해. 그게 마음 편할 거야."

그림자가 내 속마음을 훤히 알고 있다는 듯 말했다.

3

사람의 적응력은 참 놀라운 데가 있다.

하늘이 무너질 것 같은 일에 부닥치면 처음엔 곧 죽을 것처럼 허덕이다가도 곧 제자리로 돌아간다. 충격이 가라앉으면서 나도 어느새 그림자의 존재를 기정사실로 받아들이고 있었으니까.

정체를 들킨 이후 그림자는 수시로 말을 걸어왔다.

내가 그림자를 부르고 싶으면 검지로 발목을 두드리면 됐지만, 그림자는 내 종아리 부분을 톡톡 친다. 그러면 곧바로 그의 언어가 척추를 타고 전달된다. 으으 그럴 때마다 온몸의 털이 곤두서고는 했다. 아무도 그의 소리를 들을 수는 없다. 아마 남들에겐 내 혼자 중얼거리는 것처럼 보이겠지. 그래서 요즘 친구들이 가끔 날 정신병원에서 뛰쳐나온 사람 보듯 쳐다보기도 했다. 이런 반응을 수긍할 수밖에 없다는 것은 정말 억울한 일이다…라기보다는 이제 익숙하다는 듯이 쳐다보는 것이 더 슬프다. 으아!

어쨌거나 참 비밀스러운 친구를 둔 셈이다.

"플랩 힐 플랩 힐 플랩 힐……야!"

벌써 몇 번째인지 모른다. 탭댄스 스텝 밟기 연습을 하다가 서너 번도 넘게 연습실 바닥에 나동그라졌다. 평상시엔 밥 먹고 물 마시듯 쉬운 동작이었다. 이번엔 얼마나 세게 넘어졌는지 일어서기조차 어렵다. 나는 바닥에 쓰러진 채 발 뒤꿈치를 두드렸다.

"그만 좀 하자. 이번엔 또 뭔데?"

어후, 내 꼬리뼈. 너무 아픈 나머지 말도 나오지 않을 지경이다.

"너 어제 네 짝이 냄새 난다고 대놓고 욕했잖아. 욕이나 뒷담은 꽤 큰 벌칙을 주게 돼 있어. 그건 영혼에 대한 저주거든."

"그래도 너무한 거 아냐? 너도 코가 있으면 알 거 아냐."

"이건 의무야. 어쩔 수 없어. 공은 공이고 사는 사야."

어이고, 저 웬수 같은 놈! 사람이 어떻게 손톱만한 죄도 짓지 않고 산단 말인가. 아마 저놈이 사람으로 태어난다면 앞뒤가 꽉 막힌 답답이로 살 것임에 틀림없다. 맹꽁이 같은 놈!

"뭐?"

……누군가에게 속내를 읽힌다는 것은 참으로 불편한 일이다.

4

방과 후. 오늘도 난 혼자 춤 연습을 한다.

친구들이 학원 때문에 일찍 귀가하는 수, 목요일 방과 후 연습실은 전세 낸 것이나 다름없다.

탭댄스 리듬에 몸을 맡기고 춤을 출 때가 가장 행복하다. 나를 옥죄는 공부 압박이나 현실적인 제약 따위를 모두 잊고, 오로지 영혼만 생동하는 시간, 춤은 나를 자유롭게 한다.

나는 예고 진학을 꿈꾸고 있다. 최고의 탭댄서, 그 예술의 길을 가고 싶다.

그러나 아직 엄마는 모른다. 언젠가 슬쩍 지나가는 말투로 떠봤는데, 엄마는 '얘가 미쳤나' 하는 눈으로 쳐다보았다. 고등학교를 중퇴한 엄마는 학력 콤플렉스 같은 게 있다. 내가 성적이 좀 나오는 편이기 때문에 엄마는 당연히 남들이 하듯 스카이 진학을 바랐다. 지방대 갈 생각이면 그냥 때려치우란다. 아빠와 별거 중인 엄마의 유일한 희망은 나였다.

"얘는 언어 감각도 좋고, 수학적인 재능도 뛰어나요. 어머니께서는 복 받은 거예요."

4학년 때인가 담임 선생님이 립서비스 삼아 하신 말씀을 엄마는 무슨 성경 복음처럼 믿는 눈치였다. 엄마는 아직도 내가 일주일에 한 번만 탭댄스 동아리 활동을 하고, 나머지는 수학, 과학 방과후수업을 듣는 것으로 알고 있다.

어쨌거나 춤이 잘되는 날에는 모든 것이 잘 풀리는 것 같았다. 자신감까지 충만해지는 것은 단순히 기분 탓일까.

특별한 일 없는 한, 내가 춤에 몰입할 때는 그림자도 날 건들지 않는다. 조명에 맞춰 춤을 추는 그림자는 마치 잘 훈련된 파트너처럼 나와 호흡을 같이한다.

멋있어. 언젠가 내가 한바탕 춤을 추고 난 후, 그림자를 불러서 묻자 그는 망설임 없이 대답했다.

"넌 춤출 때가 제일 아름다워. 나까지 마

치 날개를 펴고 날아오르는 새가 된 기분이야."

5

등굣길에 햇빛이 쨍쨍하다.

늦었다, 공원 모퉁이를 돌아 교문을 향해 뛰기 시작했다. 아니 둘이 뛰고 있는 셈이다.

요즘엔 혼자 길을 가도 전혀 혼자라는 느낌이 들지 않는다. 그림자 때문이다. 내 그림자는 현재 쨍쨍한 햇빛 때문에 기분이 좋다. 그가 기분이 좋으면 내 발걸음도 가벼워진다. 그러나 날이 우중충하거나 흐린 날은 그가 내 발목을 잡고 늘어져 나도 몸이 무겁다. 이럴 때는 짜증이 두 배로 늘어난다.

교문 앞에서 나랑 유일하게 친하게 지내는 은비를 만났다.

어? 은비의 그림자가 두 개로 겹쳐 보인다. 그림자를 만난 뒤부터 나는 본능적으로 누구를 만나면 그림자부터 살피는 습관이 생겼다

"은비야?"

그런데 돌아보는 은비의 얼굴이 상처투성이다.

"너 얼굴 왜 그래? 누구한테 맞았어?"

"아니, 이상하게 어제부터 자꾸 넘어지거나 부딪치더라고. 바보같이."

매사에 조심하고 침착한 은비가 혼자 넘어질 리가 없다. 가만 보니 수업 시간에도 은비의 행동이 이상했다. 툭하면 수업 시간에 지적을 당하거나 꾸지람을 받았다. 도덕 시간엔 졸다가 뒤로 쫓겨 나기까지 했다.

쉬는 시간에 운동장 구석으로 가서 톡, 톡, 톡, 그림자를 불러냈다.

"내 친구 그림자가 두 개야. 무슨 일이지?"

"음……흔한 경우는 아니지만, 내 생각엔 네 친구에게 두 명의 감시자가 붙은 것 같아. 서로 감시자가 되려고 경쟁을 하는 바람에 친구가 잘못의 대가를 두 배로 받는 게 아닌가 싶어. 죽은 자들의 영혼도 사실은 경쟁이 치열해."

"그럼 내 친구는 어떻게 되는 거야?"

"때가 되면 승패가 가려지게 될 테니…… 좀 기다려 봐야지."

"마냥 기다려? 넘어지고 자빠지고……그냥 당하고만 있으라고? 강제로 떼어 내는 방법은 없어?"

"그게……."

"그림자 세계에 무슨 법이나 규칙 같은 게 있을 거 아냐?"

"방법이 없는 건 아니지만……. 그건 알려 줄 수 없어."

"아이 참, 우리 사이에 무슨……."

"……."

저, 저…망할 놈……. 왜 이럴 때는 딴청인 거냐.

"위험이 따르는 비밀이라니까."

집요하게 묻고 늘어지자 그림자는 결국 비밀을 털어놓았다.

방법은 생각보다 단순했다. —그림자는 빛이 완전히 차단된 상태에서는 발목을 떠나 정수리 부근의 머리칼로 옮겨 와 휴식을 취한다. 정수리는 갓 태어난 아이가 숨을 쉬던 숨골로 그림자의 고향이기도 하다. 그 정수리를 잘 만져 보면 유난히 빳빳한 머리칼이 만져질 것이다. 그게 그림자 머리칼이다. 그걸 뽑으면 그림자도 뽑힌다. 단, 자정에만 가능하다.

이야기 끝에 그림자는 거듭 당부했다.

"진짜 진심으로 충고하는데, 가능한 기다려 보라고 해. 이걸 강제로 하다가는 진짜 위험할 수도 있어. 운명을 거스르는 대가를 치러야 하니까."

"네~ 네~."

난 그저 대수롭지 않게 생각하고 쉽게 넘겼다. 무슨 일이 벌어질지도 모른 채.

쉬는 시간 창문 밖을 보니 노란 체육복을 입은 1학년이 축구를 하고 있다. 꼭 병아리떼 같다. 그런 아이들마다 하나씩 따라다니는 그림자. 저 아이들은 그림자가 자기의 운명 감시자라는 것을 알까? 어쩌면 저들은 그림자의 존재를 모르기 때문에 오히려 맘 편하게 살고 있는지도 모른다. 비밀을 안다는 것은 그만큼 부담스러운 일이다. 어쩌면 나는 넘어서는 안 될 선을 넘었는지도 모른다.

다행스럽게도, 며칠 지나지 않아 은비의 그림자가 하나로 정리되었다. 굳이 비법을 쓸 것도 없이 하나가 알아서 떠난 것이다.

그림자 하나가 떠난 날, 은비는 환한 얼굴로 말했다.

"이상해. 오늘은 몸도 가볍고, 하는 일마다 잘 풀리네."

그런 은비를 보며 나는 속으로 웃었다. 사는 건 참 비밀투성이야.

6

엄마와 한판 제대로 했다.

동아리 선생님이 전화를 한 게 화근이었다.

나름 날 기특하게 여긴 동아리 담당 선생님께서, '예능에 소질이 있고 열정도 대단하니, 예고 진학 준비를 서둘러 달라'고 엄마에게 전화를 하신 거다. 통화를 하다가, 엄마의 유도심문에 넘어

가 내가 방과후수업 대신 춤 연습만 한다는 사실도 그대로 말씀하신 모양이었다. 내가 보기에 이 세상에서 가장 속여 넘기기 쉬운 사람이 선생님들이다.

어쨌든 현관문을 들어서니 엄마가 소파에 팔짱을 끼고 앉아 있었다.

전에 없던 냉랭한 기운이 쫘악 감돌았다. 이건 뭐지? 내 시선은 엄마 도끼눈을 거쳐, 그 앞에 놓인 내 탭슈즈, ……그리고 그 옆에 놓인 가위에 가서 꽂혔다. 탭슈즈는 내가 몇 년치 용돈을 모아 몰래 장만한 것으로, 발표회나 입학 실기 때 신으려고 고이 모셔 둔 것이다.

내가 뭐라 말하기도 전에 엄마는 날카롭게 명령했다.

"니 빨리 이거 니 손으로 짤라삐라."

"어, 엄마……."

"네 동아리 선생님께서 전화하셨다. 뭐라, 예고? 니 미친나, 어? 왜! 그냥 그 선생인지 뭔지랑 둘이 손잡고 가 버리지?"

"엄마, 그게 아니고……."

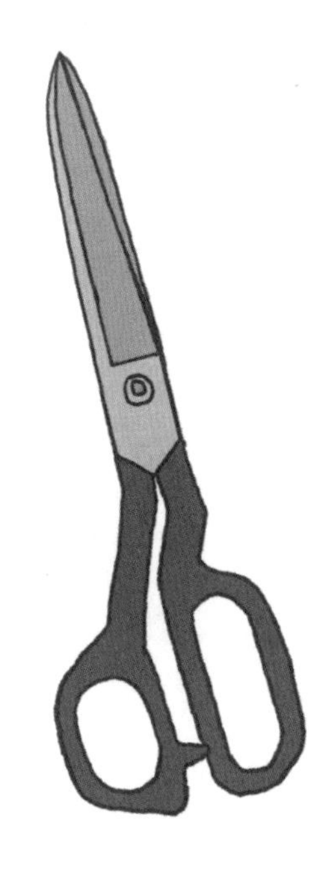

"잔말 말고 잘라삐라. 아니면 집을 나가던지, 이 문디 가스나야."

뒤에 어떤 상황이 벌어졌을지는 굳이 밝히지 않더라도 짐작할 것이다.

하라는 공부는 안 하고 춤을 추러 다녔다는 사실에 엄마는 분노했고, 나는 공부보다 예능에서 내 길을 찾겠다고 대들었다. 나중에는 내 인생에 엄마가 왜 끼어 드냐고 모질게 소리를 질렀다. 엄만 내 가방을 빼앗아 내동댕이쳤다. 그리고 아빠에게 전화를 거는 대목에서 나는 슈즈만 챙겨 집을 뛰쳐나왔다. 나는 현관을 나오면서 소릴 질렀다.

"제발 그만 좀 하라고!"

막상 나왔으나 갈 곳이 없다.

집에서 멀찌감치 떨어진 12단지 아파트 놀이터에 앉아있는데, 시간이 갈수록 내 처지가 서럽게 느껴졌다. 조금씩 눈물이 나기 시작했다.

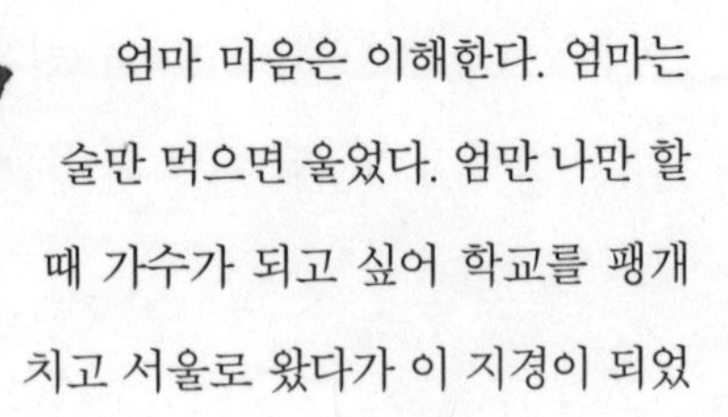

엄마 마음은 이해한다. 엄마는 술만 먹으면 울었다. 엄만 나만 할 때 가수가 되고 싶어 학교를 팽개치고 서울로 왔다가 이 지경이 되었다고, 툭하면 나에게 술주정을 하곤 했다. 아빠를 만난 것도 그 무렵이었다고.

"이 기지배야. 너도 정신 똑바로 차려야 돼! 사는 거엔 연습이 없어."

그러나 그건 엄마의 실수지, 나는 다르다. 춤, 예술을 전공하는 학교로 진학해서 '무작정'이 아니라 체계적인 예능의 길을 가겠다는데 이건 막을 일이 아닌 것이다.

그네를 타면서 한참을 울었다. 그렇게 울고 나니 마음이 좀 가라앉는 것 같았다.

그때 문득 내 옆에 길게 매달려 있는 그림자가 눈에 들어왔다.

습관대로 무심코 그림자를 부르려다가, 나는 멈칫했다. 그림자는 그림자일 뿐 '나'가 아니다. 오히려 나를 감시하는 존재, 불러봤자 선부르게 행동한 나를 탓할 것이고, 내가 엄마에게 퍼부은 온갖 저주를 구실로 벌줄 항목을 조목조목 계산할 것이다.

엄마도 그렇고 그림자도 그렇고, 인생에 왜 감시자가 필요하단 말인가.

간신히 진정시켰던 속이 다시 울컥해졌다.

그래, 다 정리하자.

지금 당장!

7

나는 곧바로 내가 사는 14단지로 돌아왔다.

거기 관리사무소 지하실이라면 충분하다. 언젠가 새끼 고양이를 뒤쫓다가 우연히 알게 된 관리사무소 지하 창고, 그곳은 정말 깜깜했다. 두 번 다시는 오고 싶지 않았는데……. 나는 자정이 되기를 기다렸다가 관리사무소 지하로 들어갔다.

다행히 지하 창고는 문이 잠겨 있지 않았다. 나는 도둑고양이처럼 살금살금 까치발로 들어가 안에서 문을 채웠다.

완벽한 어둠. 정말 아무것도 보이지 않았다.

그곳에서, 나는 인생 최대의 실수를 저지르기 시작하였다. 아니 어쩌면 그림자를 제거하는 방법을 안 것부터가 문제였는지 모른다.

정수리를 더듬자 그림자의 말대로 진짜 뻣뻣한 머리칼이 한 올 만져졌다.

나는 그 머리칼을 힘껏 잡아당겼다. 그러나 쉽게 뽑히지 않았다. 아주 질긴 줄을 잡고 줄다리기를 하는 느낌이었다. 나는 이를 악물고, 하나, 둘, 셋까지 센 뒤 획 잡아챘다.

팅—!

아프지는 않았다. 대신 고무줄 튕기는 소리와 함께 그림자…라기보다는 어둠 속에서도 구분이 가능할 정도의 형광빛 연기 같은 것이 위로 두둥실 떠올랐다. 그리고는 물감이 물에 풀리듯 서서히 어둠 속으로 사라졌다.

그것은 아주 미묘한 느낌을 주었다. 사람도 죽으면 영혼이 저렇게 흩어지겠구나, 하는 생각이 순간적으로 머리를 스쳤다.

8

이틀 만에 나는 집으로 돌아왔다.

들끓던 감정이 가라앉자, 원인을 알 수 없는 불안감이 나를 사로잡았다. 나만 찾고 있을 엄마도 불안했고, 나 자신도 불안했다. 찜질방에서 보낸 이틀 동안 거의 잠을 자지 못했다.

"이년아, 나가란다고 진짜 나가삐나? 속 골고루 썩인다, 증말!"

엄마는 울면서 베개로 날 때렸지만, 나는 엄마의 마음을 충분히 알 것 같았다. 엄마는 어쩌면 며칠 내로 '네가 정 원한다면' 하면서 한 발 뒤로 물러날지도 모른다.

그러나 사실 엄마에게 맞으면서 더 신경 쓰였던 것은 그림자였다. 그림자를 떼어 낸 이후, 나는 뭔가 바늘방석에 앉은 것처럼 어떤 것에도 집중할 수가 없었다.

그날 저녁을 꽁꽁 앓은 뒤, 나는 다음 날 등교를 했다.

엄마는 하루 더 쉬라며 붙잡았지만, 학교라도 가야 마음이 좀 편할 것 같았다.

"오늘도 고기압의 영향으로 경기도는 34도로 쨍쨍하겠고…… 충청도 지역에서부터는……."

일기예보를 뒤로 하고 문을 여는데 시커멓게 몰려오는 구름이 눈에 들어왔다.

비가 온다는 이야기가 없었는데? 소나기가 오려나?

나는 다시 들어가 우산을 챙겨 나왔다. 우산이 있더라도 비가 오기 전에 학교에 도착하는 게 백 번 편하기 때문에 나는 최대한 빠른 속도로 걸음을 재촉했다.

학교 앞 횡단보도, 마음이 급하면 신호를 내 마음대로 계산하게 된다. 초록불이 되기 5초전, 그럼 차로에는 이미 빨간불이 켜졌을 것이다. 그런 생각을 하며 차로에 발을 내딛는 순간, 하얀 차 한 대가 순간적으로 나를 덮쳤다.

눈앞이 하얘… 아니 검게 물들여졌다. 동시에 내 몸이 풍선처럼 공중으로 붕 떠올랐다.

며칠 전 창고에서 보았던 그 형광빛 연기로 흩어지는 느낌…….

이어 어떤 굵은 목소리가 내 귀를 스쳐지나갔다.

"어리석은 인간이여. 감정에 휩쓸려 운명을 그토록 가볍게 여기다니. 그림자가 아니어도 누구나 죗값은 치르게 돼 있는 법, 그것은 목숨을 가진 이상 숙명이니라. 죄의 정도로 보자면, 당장 저승 깊이 처박을 일이지만, 아직 어리고 미숙하여 선악의 균형을 가벼이 여겼으니, 감시자로 살면서 처음부터 새로 배울 기회를 주겠노라. 시종은 답하라. 운명의 상대는 있는가? (—있나이다.) 그럼 당장 시행하라! 감시자여, 가라!"

무슨 내가 포켓몬스터도 아니고.

……여기까지가 내 이야기이다.

나는 그렇게 그림자가 되었다. 나는 지금 신서중학교의 누군가의 그림자로 그와 공생하고 있다. 그가 누군지는 밝힐 수 없다. 그건 운명의 비밀이므로.

나는 곧 그간 내가 살아온 기억을 모두 삭제당한 채 그림자 역할에만 매달리게 될 것이다. 기억이 없어지기 전에 한마디 덧보탠다면, 내 운명의 상대가 이걸 알았으면 좋겠다.

힘든 일이 생길 때마다 스스로를 돌아보라고. 그리하여 선을 가리는 눈을 가지라고.

그건 선택의 문제가 아니라 사람인 이상 운명이라고.

후기

이번 여름 더위는 지독했습니다. 더위를 유독 많이 타는 저는, 잔뜩 지친 채 무거운 가방을 메고 길을 가고 있었습니다. 그때 문득 눈에 들어온 그림자……. 그렇게 제 소설은 시작되었습니다. 역시, 그림자라는 소재 자체가 어둡고 무거워서 그런지 소설이 처음부터 끝까지 우중충하게 나갔고, 주제 또한 선악을 다루는 거여서…… 청소년 소설에 어울리지 않는다는 느낌에 몇 번을 버리고, 고치고 했습니다. 저는 청소년이라고 해서 꼭 피어나는 새싹의 느낌을 주는 것은 아니라고 생각합니다. 성적과 친구 문제 등등 시련과 고난이 가장 많은 시간이 지금 청소년 시기가 아닐까요?
웃음의 가면 뒤에 숨어 있는 청소년의 고된 심정을 나타내고 싶기도 했습니다. 그러나 너무 딱딱한 느낌의 소설을 다루다 보니, 제 생각을 충분하게 표현하지 못한 것 같습니다.
이 소설을 쓰는 데 많은 도움을 주신 선생님과 엄마에게 이 자리를 빌어 감사하다는 말씀을 드립니다.

최진명을 아십니까
임재영(신서중 3학년)
그 나무 봤니?
정하민(신서중 3학년)

애 哀

슬픔〉 열여섯 살,
슬픔의 바다를 홀로 건너는 시간

최진명을 아십니까

임재영(신서중 3학년)

나는 종이인형이다.

미술실 복도 천장에 매달려 있는 색색의 종이인형들, 그중 앞쪽에서 네 번째, 온몸이 파랗고 얼굴에 물음표가 그려진 인형이 바로 나다.

내가 이곳에 설치된 날은 학교 축제 즈음이었다. 구경 온 학부모들은 우리를 올려다보며 귀엽다, 애들이 솜씨가 좋다, 고 했던 것 같다. 하지만 아무도 내 비밀을 모르고 지나쳤다.

내가 살아 있다는 사실을 말이다.

물론 사람들은 믿지도, 믿으려 하지도 않겠지만.

종이인형이 어떻게 살아 있냐고? 여기에 비밀이 하나 더 있다. 자신의 피가 어떤 사물에 스며들면 그 사물이 생명과 감정을 얻게 되는, 피의 비밀 말이다. 피를 맛본 칼이 계속 피를 찾게 되는 것이 그 이치다.

내게 생명을 준 사람은 이 학교 3학년 학생 최진명이다.

그는 어설프게도 나를 만들다 커터 칼에 손을 베이고 말았다. 그의 피가 스며들고, 하루가 지나자 숨통이 열리고 눈이 열렸다. 그럼 아바타냐고? 그래, 살아 있는 인형이 상상되지 않는다면 그렇게 생각해도 좋다. 다만 나는 움직이지 못하고 최진명과 감정만 공유할 수 있다. 말하자면 감정 아바타인 셈이다.

최진명을 소개하자면,

모든 것이 어중간한 아이라 할 수 있겠다. 일단 외모로만 봐도 크지도 작지도 않은 키에, 거뭇거뭇 돋은 수염에, 어쨌거나 이성으로서의 두근거림은 기대하기 어려운 외모이다.

성적은, 그게 또 어중간하다. 공부를 하면 중상위권이고 안 하면 중하위권이니 말이다. 목동에 사는 만큼 월수금은 수학, 화목은 영어를 다니는데, 둘 다 점수가 시원치 않다. 시험 볼 때도 어쩌다 주요 과목을 잘 보면 여지없이 기술/가정 같은 암기 과목에 발목을 잡히곤 한다. 성적표를 볼 때마다 그의 어머니는 소리치곤 했다.

"어중간한 놈! 환장하겠네."

학급 내 서열 역시 마찬가지다.

중학생 남자들이란 겉으로 보면 다 같이 어울리는 것 같아도 실은 미묘한 경계선이 있다. 일단, 주먹이 세고 전교 일진 무리에 껴 있는 한두 명이 핵심부에 군림해 있고, 그다음으로 외모가 괜찮거나 축구, 게임, 시시한 장난까지 포함한 놀이에 능한 애들이 '주류급'을 이룬다. 이들은 날라리는 아니지만 때로 흡연을 즐기며 운동장과 피시방, 노래방을 주 무대로 삼는다. 학급 분위기도 이들에 의해 좌우된다. 여기에는 공부를 잘하거나, 크게 봐서 주류인 애들도 간신히 껴 있다.

그리고 적당히 처신하며 사는 비주류 세력이 하나씩은 있는데, 이 세력까지가 반에서 사람 대접을 받고 산다고 보면 된다. 나머지 장애인이나 찐따라 불리는 애들은 먹이사슬의 최하층이다.

최진명은 원래 비주류에 속해 있었다. 한마디로 적당한 무시와 적당한 대우 속에서 살았단 얘기다. 그는 서열에 맞는 적당한 별명을 가졌고, 인간 탑쌓기 놀이에선 밑에서 세 번째 혹은 네 번째였다. 그는 잘 때리지도, 맞지도 않았지만, 누구도 그와의 주먹다짐에서 질 거라고 생각하지 않는다는 것이다.

내가 보건대, 진명은 유난히 서열에 집착했다. 그는 주류가 되고 싶어 했다. 수업시간에 실컷 떠들고, 누구 눈치 볼 필요도 없고, 낄낄대며 떼로 몰려다니는 것을 늘 부러워했으니까.

나는 최진명과 감정을 공유할 수 있으니 일종의 분신인 셈이다.

희로애락, 그가 기쁘면 나도 기쁘고, 그가 슬프면 나도 슬프다. 그가 스트레스를 받으면 나도 열이 난다.

내가 그와 소통하는 유일한 통로는 미술실 맞은편 유리창이다. 그 유리창은 마녀의 수정구슬처럼 언제든 그의 모습을 비춰 준다. 나는 그 창으로 진명을 보며 감정을 공유한다.

아, 지금! 교실에 있는 그의 모습이 창에 비친다.

아침 시간, 담임 교사가 아직 오기 전이고, 남학생 대다수가 교실 뒤편에 몰려 장난을 치고 있다. 진명은 무리 끄트머리에서 아이들이 웃을 때마다 따라 웃고 있다. 하지만 나는 안다. 그의 웃음은 장난이 재밌어서가 아니라 무리에 끼었다는 안도의 웃음이란 것을.

그때 진명이 무리에서 빠져나온다. 다른 아이들의 시선이 따라온다. 진명은 후닥닥 뛰더니 앞쪽에 앉아 있는 한 아이의 뒤통수를 후려치고는 의기양양하게 돌아선다. 무리들 사이에서 박수와 함성이 터진다. 쪽팔려게임을 하던 무리가 진명에게 찐따(윤영우라는 아이다)를 때리고 오라고 명령한 것이다. 윤영우가 고개를 돌리자, 무리 중 하나가 소리친다.

"뭘 봐, 찐따야! 띠껍냐? 띠꺼우면 맞장 뜨던지, 시발아."

최진명. 그는 주류가 되기 위해, 아이들의 인정을 받기 위해 그런 일쯤은 서슴지 않는다.

진명은 자기 존재 확인을 위해 수시로 윤영우를 활용한다.

학급에서 윤영우는 더러움, 모자람, 밑바닥, 뭐 이런 것의 상징이다. '윤영우 같은 놈'이란 말은 가장 치명적인 욕에 속한다. 진명은 기꺼이 영우를 먹이로 삼았다.

"야, 그거 만지지 마."

"왜?"

"왜긴 왜야. 시발, 그거 윤영우가 만진 거잖아."

진명은 윤영우의 불결함을 쉴 새 없이 떠들어 댄다. 그걸 보고 낄낄거리는 건 진명이가 친해지고 싶어 하는 주류급 아이들이다. 그것에 진명은 만족하는 것이다. 하지만 내게는 윤영우에 대한 멸시감과 함께 그에 대한 연민이 동시에 전해진다. 진명은 필사적으로 윤영우를 내팽개치지만 그만큼 안쓰러움도 가지고 있는 것이다. 어쩌면 윤영우를 통해 자신을 보고 있는 것인지도 모르겠다.

이번엔 새로운 그림이 나타난다.

쉬는 시간, 다른 반 '노는 애'가 몸을 흔들며 진명의 교실로 들어온다. 두리번거리더니 영우에게 다가가 책상을 쾅, 친다. 그러곤 뭐라고 중얼거리다 그의 멱살을 잡는다.

진명은 대수롭지 않은 척한다. 괜찮아. 난 저럴 일 없어. 노는 애는 영우를 일으켜 세우더니 그대로 다리를 걷어찬다. 그때 진명의 머릿속에 말리는 장면이 떠오른다. 하지만 곧 사라진다. 괜히 나대지 말자. 진명은 속으로 말한다. 윤영우의 신음이 들리지만 진명은 짐짓 스마트폰 구경에 열중하는 척한다. 노는 애는 영어 선생님이 들어오자 마지막으로 윤영우를 한 번 더 차고 유유히 빠져나간다.

한때는 진명의 비겁함 때문에 그를 버릴까 생각한 적도 있었다.(나도 주인의 감정과 상관없이 최소한의 사고와 판단은 할 수 있다.) 친구가 당하는데 왜 가만히 있냐고! 한심한 놈, 이러면서 말이다. 하지만 진명만을 탓할 수 없다는 것은 곧 알게 되었다. 언젠가 담임 교사가 학교폭력 설문지를 나눠 주었는데 피해자 란에 윤영우를 적는 사람은 아무도 없었다. 몇 명 여학생들이 잠시 망설이긴 했지만, 결국 백지로 내는 것을 택했다. 튀지 않기 위해, 편한 학교생활을 위해, 소외되지 않기 위해……. 윤영우는 설문지에서만 평온했다. 설문지를 훑어본 남자 담임은 이렇게 말했다.

"요즘에 징계받은 애들도 많고, 뉴스에서도 학교 폭력 때문에 난리가 아닌데, 우리 반엔 그런 일이 없어 다행이다. 지각만 줄이면 더 바랄 게 없겠다."

아무튼 최진명만 생각하면 온몸이 거미줄처럼 꼬인다.

분명 최진명이 그만큼 심사가 불안하고 고통스러운 증거겠지만, 나로서는 그가… 단어로 표현하자면 '애증'이란 말이 딱 맞겠다. 연민과 미움.

한번은 선배 인형(아, 내가 S선배로 부르던 그는 얼마 전에 죽었다. 나는 이 선배를 통해서 우리 인형이 49일만 살고 죽는다는 사실을 알았다.)이 쯧쯧 혀를 찼다.

"신경 꺼. 솔직히 그들이 수행평가 점수 때문에 작업한 거지, 순수한 마음, 뭐 그런 열정으로 우릴 만든 건 아니란 말이야. 그러니까 그가 무슨 짓을 하던 신경 끄라고. 어차피 우린 얼마 지나지 않으면 죽을 목숨이고, 그러면 그들과는 아무 상관없는 존재가 되는 거야. 나도 내 스스로 주인한테 관심을 끊었다고. 그러니까 나중엔 감정 공유도 안 되더구먼."

그러나 나는 그럴 수가 없다. 진명의 모습이 매일 유리창에 비춰지는데, 고스란히 감정이 만져지는데, 어떻게 관심을 끊으란 말인가.

아무리 49일을 살고 죽는다지만.

3교시 사회 시간. 평가를 위해 모둠을 짜고 있다.

주류 애들은 저희들끼리 모둠을 짜고, 비주류 세력에서도 모둠 하나가 만들어진다. 진명은 주류 모둠에 못 들어가서 발을 구르지만, 크게 내색하지 못한다. 그리고 윤영우와 그와 처지가 비슷한 두세 명이 남겨진다. 사회 교사는 그들을 하나씩 다른 모둠에 끼워 넣으려 하지만, 아이들은 노골적으로 싫은 기색을 한다.

"그냥 걔네들끼리 모둠 하나 만들어요. 우리는 다 찼어요."

학급 회장까지 나서서 설치는 바람에 진명이 속한 비주류 모둠에서 윤영우를 받아들여야 했다. 진명은 자기가 비주류로 분류된 것도 싫은데, 찐따들이라니, 하며 반발한다. 그러나 아무도 관심을 두지 않는다. 진명은 자신의 위치가 주류와 비주류의 경계에서 자꾸 추락하는 것 같아, 내심 불안하기 짝이 없다.

"진명아. 과학 숙제 어디 하는 거야?"

"……몰라. 꺼져 좀."

"너 지금 숙제 하고 있잖아. 알려 줘."

"시발, 내가 니 친구냐? 말 좀 걸지 마, 병신아! 친한 척하지 말라고!"

진명은 낮게 소리치며 윤영우를 뿌리친다. 사실 진명은 초등학생 시절만 해도 윤영우와 그렇게 사이가 나쁘지 않았다. 시간이 맞으면 하교도 같이 하고, 피시방을 같이 다니기도 했다. 그러나 중3 들어 윤영우가 찐따로 분류되면서 진명은 의도적으로 그와 관계를 끊었다.

그건 비주류에 속하는 다른 애들도 마찬가지였다. 언제 가장자리로 밀려날지 모르는데 최하층의 윤영우를 가까이 둘 수 없는 것이다. 그들은 주류 애들처럼 때리거나 괴롭히진 않았지만 어떤 상황에서도 개입하지 않는다. 그러면서 적어도 윤영우보단 신분이 높다는 것에 안도하는 것이다.

윤영우가 돌아가자 옆에 있던 여자애들이 수군거린다.

"윤영우, 쟤, 소감초 4대 찐따였대. 최진명이 그랬어."

"나도 알아, 6학년 때 쟤랑 같은 반이었는데 난리였어 아주. 11반 박재훈 알지? 걔가 우유 갖다가 머리에 뿌리고 책상에 막 발자국 내구……."

진명은 그 소릴 들으며 내심 찔끔한다.

점심시간에 작은 소란이 일었다.

"어떤 새끼가 내 아이폰 갖고 갔어!"

힘센 동급생이 소리를 지른다. 책상을 뻥뻥 차 넘어뜨리고 애들을 밀치고 다닌다.

"윤영우가 훔쳐 간 거 아냐?"

진명이 툭 내뱉는다. 아, 하지 말았어야 했…, 그러나 말이 먼저 튀어나왔다.

윤영우가? 놈은 곧장 영우의 사물함으로 가서 책, 공책들을 모조리 쓸어 낸다. 진명은 잠깐 자책한다. 진명은 아까 짓궂은 녀석들이 장난삼아 그의 아이폰을 윤영우 사물함에 넣는 것을 보았다. 책 사이에서 아이폰이 나온다. 하지만 아무도 영우의 해명을 들으려 하지 않는다. 힘센 아이는 지체 없이 뺨을 갈긴다.

"저런 놈은 좀 맞아야 돼."

진명이 말한다. 그리곤 또 순간적으로 후회한다. 그러나 곧 고개를 흔들고는 딴짓을 한다.

뺨을 때렸던 아이는, 아무 일도 없었다는 듯이 애들과 장난을 친다. 그러다 불과 몇 분 후 다시 유쾌한 얼굴로 와서 영우에게 하이파이브를 요구한다. 윤영우는 어쩔 수 없이 손을 맞대어 준다. 다른 애들도 신이 나서 따라 친다. 진명도 그 안에 있다. 그들은 저들끼리 말한다. 모자란 애들은 하이파이브를 해 주면 다 잊어버린다고. 자기들이 괴롭힌 모든 것들을 잊게 된다고, 말이다.

유리창의 장면들이 사라진다.

나는 한동안 정신이 없다. 머릿속에 온갖 사건이 뒤섞여 아무 생각도 떠오르지 않는다.

내가 최진명을 위해 무엇을 해 줄 수 있을까. 언젠가 S선배 인형이 그랬다.

"인형은 죽으면서 주인의 가장 슬픈 기억을 하나 가져갈 수 있지. 원한다면 말이야."

진명의 어떤 기억을 떼어 내야 그가 편해질지 알 수가 없다. 진명은 자기의 솔직한 감정을 꽁꽁 싸매고 있는 때가 많다.

시간이 갈수록 내 몸에 먼지가 쌓여 간다.

이제 숨을 거둘 날도 며칠 남지 않았다. 그래서 그런지 늘 몸은 천근만근 무겁고 눈도 흐려진다. 그러나 신경은 오히려 더 예민해지고 있다.

우르르 이곳저곳으로 몰려다니는 아이들. 그들의 웃음과 함성이 높이 울려 퍼진다.

수업종이 치자 운동장, 복도는 텅 빈다. 건물 한켠에서는 음악 수업을 하는지 아이들의 노랫소리가 들려온다. 아련하고 슬픈 곡조, 어쩐지 나까지 슬퍼진다.

텅 빈 복도에 진명이가 보인다. 표정도 걸음걸이도 힘이 하나도 없다.

좀 전까지만 해도 애들 틈에서 웃고 있었는데, 아마 그는 또 힘센 아이들의 담배 심부름 중일 것이다. 요즘의 진명은 딱 저 위치, '따까리'로 고정이 된 듯싶다.

그동안 진명은 주류 아이들과 친해지기 위해 온갖 노력을 기울였다. 최하층의 아이들을 발판으로 삼아가면서까지. 얼핏 보면 그들과 가까운 사이가 된 듯했다. 진명은 편한 학교생활을 기대했겠지만, 그게 아니었다. 동등한 친구가 되기엔 진명의 마음이 여렸던 것일까. 그들은 진명을 간만 본 뒤 결국엔 '따까리'로 부려 먹기 시작했다. 적당히 대해 주면서 귀찮은 것들을 그에게 시켰다. 담배 심부름 같은. 노인이 운영하는 주택가 구멍가게에 가서 적당히 둘러대면 얼마든지 담배를 살 수 있다.

처음에 진명은 환심을 사기 위해 담배를 사다 주었는데, 이제는 반강요로 사 와야 한다. 이제 그들은 '땡큐'는커녕 '내놔'라고 당당하게 손을 내민다. 지난주에 교문 밖에서 담배를 피우다 걸린 뒤로는 진명을 부려 먹는 횟수가 더 잦아졌다. 진명은 교무실에서 온갖 아픈 척을 해 가며 외출증을 끊는 게 일상이 되었다.

48일째, 이제 내 숨은 하루만 남아 있다.

오늘도 최진명은 학교 밖 심부름을 가야 할 터다.

역시 정해진 시간에 힘없이 계단을 내려오고 있다. 그러다가 슬쩍 천장을 올려본다.

혹시 나를 보고 있는 것일까.

그의 눈동자는 엎질러진 커피같이 힘이 없다. 그는 길게 한숨을 내쉬었다.

지금 무슨 생각을 하고 있을까. 그 순간만큼은 분신인 나도 알 수가 없다. 최진명의 생활은 여전하다. 강자에게 약하고 약자에게 강한, 정글의 생존 게임에서 근근이 버티고 있다.

내가 사라진 뒤… 진명은 어떻게 살아갈까. 누군가 자신과 감정을 공유하고 있었다는 사실을 알기는 할까.

며칠 전인가 도덕 수업 시간이었다. '가장 두려웠던 순간들'이란 글쓰기를 하는데, 진명은 뭔가를 계속 썼다 지웠다를 반복하고 있었다. 그는 결국 아무것도 제출하지 않았지만, 나는 그가 쓴 것을 읽을 수 있었다.

—중학교 1학년 때 일이다. 우리 반 체험활동 장소는 인사동. 그나마 친하다고 생각되는 아이들 일곱 명이 간다길래 나도 같이 가

자고 했다. 출발까지는 괜찮았다. 그런데 어느 역을 지나서인가 순간적으로 아이들이 싹 없어졌다. 놀라서 핸드폰을 했으나 아무도 받지 않았다. 노선을 잘 모르던 나는 허둥지둥 30분이 넘어서 도착을 했고, 샘한테 무지 혼났다. 그날 얼마나 땀을 흘렸는지 모른다. 아이들은 내가 낙오된 것을 몰랐다고 사과했다. 나는 나중에서야 아이들이 일부러 나를 '떨궈' 냈다는 것을 알았다. 미리 짜고 정해 놓은 역에서 나만 빼고 다 내린 것이다. 나는 지금도 가끔 아이들이 나를 떨궈 내고 낄낄 웃는 꿈을 꾼다. 나는 그 웃음이 제일 두렵다.

그랬구나, 글을 읽으면서 나는 '떨궈 냄'이라는 말에 가슴이 아팠다.

혼자라는 건, 혼자 남겨진다는 것만큼 두려운 것도 없으니까.

내가 죽으면서 그 두려움에 대한 기억을 가져간다면 진명은 좀 자유로워질까.

모르겠다. 그것에 대해서는 여전히 의문이지만, 내가 해 줄 수 있는 것은 그것뿐이다.

그 슬픈 기억과 함께 내가 가는 것, 그다음은 진명의 행운을 바랄 뿐이다.

진명은 등을 돌려 유리문을 연다.

비가 오고 있다. 투닥투닥 빗방울이 복도까지 들이친다.

몸이 눅눅해지고 유리창은 수증기로 가득 차서 앞을 보기가 힘들다.

그의 실루엣이 수증기 너머로 천천히 사라진다.

그것이 내가 최진명을 본 마지막이었다.

후기

이 글의 '최진명'은 사실 우리 모두를 대표하는 인물입니다. 누구든지 '소외에 대한 불안'을 갖고 있으니까요. 놀이에 끼지 못한 친구를 보며, "쯧쯧, 쟤는 역시 찐따야." 하면서도 실은 '나도 쟤처럼 되면 어떡하지?' 하는 마음을 갖고 있다는 거지요. 저는 지나친 경쟁교육과 자기 성찰의 부재가 이 마음을 부추긴다고 봅니다. 청소년범죄와 학교폭력도 여기에서 비롯되었고요. 한마디로 학교가 정글이 되어 간다는 겁니다. 강자는 선생님이고 친구고 뭐고 제 맘대로 하고, 약자는 졸업할 때까지 샌드백으로 사는 거지요.

저는 이 정글에서 강자도 약자도 아닌, 어중간한 존재로 살아가며 이 문제에 대해 생각해 왔습니다. 고백하자면, 때론 최진명 같은 마음을 가질 때도 있었고, 반대로 그런 애들에게 분노를 느끼기도 했지요. 그래서 이 소설은 저의 반성문이자 그들에 대한 고발이기도 합니다.

추신 : 신서중학교 미술실 앞 복도. 소설에 나온 종이인형이 실제로 있는 곳입니다. 저는 이 복도를 지나갈 때마다 인형을 올려다보곤 했지요. 이 소설은 바로 그 경험에서 나왔습니다.

나와 감정을
공유하는 인형은
어느 것일까?

그 나무 봤어?

정하민(신서중 3학년)

이런, 늦었다!

13층, 엘리베이터를 타자마자 닫힘 버튼을 연타했다.

문이 닫히고 숫자가 하나씩 줄어든다. 13, 12, 11, 10, 9, 8, 7!

악! 걸렸다! 7층은 왜 매일 걸리는 거냐. 벌써 사흘째다. 마음이 급하니까 7층에서 타는 사람이 미워 보일 지경이다.

지각이냐고? 천만에! 이래봬도 초등학교 6년에, 중학교 2학년 현재까지 한 번도 지각을 한 적이 없는 몸이란 말씀. 다만 내 기준에 비춰 좀 늦었을 뿐이란 얘기다.

남들은 학교만 생각하면 두드러기가 난다지만, 난 좀 다르다. 난 학교가 좋다. 이건 설명이 좀 필요하다. 공부나 선생님, 시험, 이런 것이 좋다기보다는 학교 자체가 친근하다. 운동장, 화단의 온갖 나무들이 뿜어내는 기운, 손으로 만져지는 건물의 느낌, 그리고 육중한 건물 안으로 들어섰을 때 맡아지는 그 특유의 냄새, 이런 것이 좋다.

이런 표현이 어떨지 모르겠지만 학교가 친구처럼 느껴진다. 난 이 건물 친구와 만나고 싶은 마음에 늦잠을 이긴다.

이상한 놈이라고 비웃을지 모르지만, 어쨌든 내가 학교에서 누리는 즐거움은 남들과 좀 다르다.

한참 이른 시간에 교실에 도착한다.

교실에 들어서면 내 눈에 포착되는 장면은 정해져 있다.

대놓고 휴대폰이나 게임기를 두드리는 게임파, 다른 반 아이들까지 가세하여 수다 서클을 형성한 날라리들.(예전부터 궁금한 건데 학교를 그렇게 싫어하고 저주하면서 등교는 어떻게 새벽같이 하는지 모르겠다.)

그리고 마치 염력기처럼 내 눈을 잡아끄는 저 아이, 황시영.

사실 난 황시영에 대해 작년 겨울방학 무렵에 전학 왔다는 것 빼고 아는 게 거의 없다. 얼굴이 예쁘장하게 생겨서 학기 초엔 남자애들이 좀 꼬였는데, 무슨 이유에선지 요즘은 잠잠하다. 친구라고 팔짱 끼고 끌고 다니던 여자애들도 안 보인다. 재수 없다고 욕하는 애들도 있다. 아마 저희들과 생각이 다르거나 좀 뻣뻣하게 굴었을 것이다. 요즘 그렇잖은가. 조금만 자기와 달라도 마치 외계인처럼 취급하고 따돌린다. 그렇지만 묘하게 끌리는 느낌 같은 게 있다.

책상에 턱을 괴고 있는데, 누가 어깨를 툭 건드렸다.

"야, 뭘 그렇게 보냐? 눈에 하트 생기겠다. 쟤 좋냐?"

게임기 성능에 대해 토론하다가 친해진 안경잡이 놈이다.

"보, 보긴……. 아, 참 너 게임 파일은?"

"아차, 깜빡했다. 내일 꼭 보낼게."

놈은 담임 오기 전에 오줌이나 싸고 오자며 나를 화장실로 끌고 갔다.

화장실 문 앞엔 또 날라리 패거리들이 몰려 있다. 늘 보는 모습인데, 오늘은 더 소란스럽다. 이런, 녀석들이 어젠 낙서를 하면서 놀더니, 오늘은 문짝을 발로 차면서 놀고 있다. 구경하는 아이들 눈길을 의식해서 그런지 발길질에 거침이 없다. 저놈의 허세, 아주 영화를 찍는다.

볼일을 끝내고 교실로 들어오는데 뒤에서 우당탕 소리가 났다. 무의식적으로 뒤를 돌아보았다. 결국엔 녀석들 발길에 화장실 문짝이 '브이' 자로 휘며 받침틀에서 튕겨져 나왔다. 윗부분만 간신히 고정줄에 의지해 매달려 있다. 순간 몸의 어딘가 찌르르 아픈 통증이 지나가는 것 같았다.

난 저런 파괴 장면을 볼 때마다 속이 안 좋다.

내가 예닐곱 살 무렵이었던 것 같다. 나들이를 갔다가 풀꽃을 꺾었는데 옆에 있던 어떤 누나가 꺾인 꽃대를 조심스럽게 문지르며 그랬다.

"얼마나 아플까?"

그런데 왜 그랬는지는 몰라도, 이상하게도 그 말에 마음이 갔다. 얼마나 아플까……. 그런 뒤로는 어떤 것이 되었든 부서지고 깨지는 것을 볼 때마다 그녀의 말이 떠오르며 감정이입이 되는 것이다. 내 몸 어딘가가 진짜 아픈 것 같은.

나는 한동안 화장실 문짝을 슬픈 마음으로 바라보았다. 그리고 곧 고개를 저었다.

'아냐, 그냥 단순히 문이 망가졌을 뿐인걸.'

무릎 언저리가 따가왔다.

바지를 걷어 보니 벗겨진 겉살에 피가 맺혀 있다.

헛발질 일쑤인 망할 축구 실력 덕에, 그것도 여자애들 앞에서 망신당한 게 한두 번이 아니라 맘먹고 연습 좀 하려고 저녁에 나왔다가 이 모양이 됐다. 기술뿐 아니라 체력도 완전 저질이다. 애들끼리 하는 경기에 끼어들었다가, 달려오는 공격수와 몸만 스친 것 같은데 그냥 나가떨어졌다. 돌에 긁힌 모양이다.

"괜찮냐? 계속할 거야?"

"잠깐 씻고 올 테니까 너희끼리 하고 있어."

나는 학교 운동장 구석의 수돗가로 향했다. 일단 물로라도 씻어

내야 할 것 같았다. 따가운 것은 싫지만 곪아서 덧나면 더 골치 아프다.

이런 제길, 수도꼭지에서는 삐걱하는 소리가 날 뿐 물이 나오지 않는다.

아, 교실 화장실까지 가야 하는 거야?

어두운 복도를 지나가는 것은 좀 그렇지만 어쩔 수 없다. 1층 교직원 화장실은 문이 잠겼고, 2층 화장실로 올라갔다. 우리 교실 앞에 있는 화장실이다.

절룩이며 화장실로 가는데, 어, 문 앞에 누가 있다.

몇 걸음 더 다가갔다가 나는 깜짝 놀라 뒤로 넘어질 뻔했다. 머리를 뒤로 묶은 한 여자애가 부서진 화장실 문에 손을 짚고 서 있는 게 아닌가. 머리카락이 곤두서는 것 같았다. 인기척을 느꼈는지 여자애가 천천히 내 쪽으로 고개를 돌렸다.

저 애는…… 황시영이다!

황시영은 실눈을 뜨고 잠깐 날 바라보더니 작은 소리로 물었다.

"이 시간에 웬일이니?"

날 알아본 것 같았다.

"간 떨어질 뻔했다. 너 여기서 뭐해? 남자 화장실에서?"

그러자 황시영이 제 입에 손을 갖다 댔다. 쉿! 얘가 아프잖아!

“아프다니 누가? 지금 뭐하는 건데?”

황시영은 화장실 문에서 떨어지며 내 얼굴을 자세히 들여다봤다.

“얘기하면 복잡하고……. 넌 왜 온 거야?”

“아, 축구하다가 무릎이 까져서 좀 씻으려고.”

“다쳤어? 그럼 따라와. 물 나오는 데를 가르쳐 줄게.”

화장실에서 씻으면 되는데 어디를 오라는 건지. 그러나 이 계집애는 뒤도 안 돌아보고 복도를 가로질러 갔다. 이게 도대체 무슨 시추에이션이냐. 그런데 이 순간에 더 이해가 안 되는 건 나 자신이다. 어느새 그녀를 따라가고 있다.

그러고 보니 황시영과 이렇게 이야기를 하는 게 처음이다. 워낙 말이 없는 애라 그녀의 간질이는 듯한 목소리를 들은 것도 처음이다. 그녀의 걸음걸이는 마치 무슨 요정처럼 가볍고 사뿐사뿐했다.

복도 서편 끝 쪽에 음수대가 있다. 그녀는 그곳을 그냥 지나쳤다. 그리곤 오른쪽 복도로 꺾어 들었다. 무심코 그녀를 따라가다가 나는 엇, 하고 멈춰 섰다.

이 복도는?

우리 학교에 이런 복도가 있었던가? 아니다. 나는 시간 날 때면 학교를 구석구석 돌아다니곤 했다. 아마 학교 구조를 나만큼 잘 아는 사람도 없을 것이다. 그런데 이 복도는 처음이다.

자세히 살펴보니 복도와 붙어 있어야 할 교실이 없다. 그저 다른 복도로 이어지는 통로만 여기저기로 이어지고 있다. 게다가 복도 벽 색깔도 일반 복도와는 달리 푸른빛이 도는 흰색에 가까웠다. 솜털이 곤두서는 느낌이었다.

"야, 황시영!"

나는 급하게 황시영을 불렀다. 그러다가 그만 다시 넋을 놓고 말았다.

물방물이, 주먹만 한 물방울이 거울처럼 반짝이며 둥둥 떠다니고 있다. 물방울은 벽에 부딪쳤다가 가볍게 튕겨 나오기를 반복하며 내 머리 위를 지나갔다. 벽에 튕길 때마다 낮은 파열음 같은 것이 들렸다. 자세히 보니 물방울마다 거울처럼 무슨 모습을 비추고 있다. 그것은 하나같이 학교에서 벌어진 일종의 사고 장면이다. 불타 버린 사물함, 등받이가 떨어진 의자, 찢어 버린 책, 구멍 뚫린

벽, 괴상한 낙서……. 오늘 아침에 본 부서진 화장실 문짝도 보인다.

나는 내가 제정신인 걸 믿기 어려울 지경이었다.

"보이니?"

황시영이 가까이 다가와 물었다.

"도대체 여긴 어디고, 이, 이건 뭐야?"

내가 허둥대자 황시영이 대답 대신 내 손을 잡았다.

"학교도 사람처럼 자기와 통하는 사람을 선택해. 세월이 지나도 원래 가지고 있던 본질, 순수함을 간직하고 있는 그런 사람들 말이야. 너도 선택된 거야."

선택? 나는 뭐가 뭔지 도대체 정신을 차리기 어려웠다. 그저 이 요정 같은 아이의 설명을 그냥 들을 수밖에. 그녀는 말을 이어갔다.

"여긴 선택받은 아이들에게만 열리는 학교의 살 같은 곳이지. 요즘엔 선택받은 아이들이 줄어서 밤에만 열려. 여기 물방울은 상처 입은 학교의 모습을 비추는 거울이고. 학교가 자신과 통하는 아이들에게 상처를 호소하는 거지. 그러니까 여긴 아이들과 학교가 소통하는 공간인 거야."

황시영이 잠시 말을 멈췄다. 벌렁거리는 가슴이 조금씩 진정되는 느낌이다. 묘하게도 이 아이의 목소리는 마음을 가라앉히는 힘이 있다. 어쩌면 손바닥으로 전해지는 그녀의 따뜻한 체온일지도 모른다. 내가 선택되었다는 말에 기분이 좋긴 했으나 머릿속은 여전히 뒤죽박죽이었다.

"학교가 무슨 풀도 아니고 어떻게 생명을 가져? 살았다고? 콘크리트, 철근, 자갈, 이런 것들로 가공한 그냥 건물일 뿐이잖아?"

"순수하고 깨끗한 마음, 영혼, 그리고 간절한 희망이 존재하는 곳이라면, 어떤 건물이든 그런 사람들의 감정과 공생하면서 생물처럼 변화할 수 있어. 너 학교 입학할 때, 교실 배정받고 처음으로 네 자리에 앉았을 때, 그리고 첫 짝을 맞이했을 때 그 설렘, 기대감…… 기억나? 학교는 많은 아이들의 첫 마음과 희망이 교차하는 곳이야."

황시영이 대답했다.

말의 향기, 이 아이의 말에는 어떤 향기 같은 게 있다. 말이 담고 있는 의미, 그것을 전달하는 과정의 부드러움, 그리고 마음을 움직이는 힘…….

어느덧 우리는 복도 끝에 다다랐다.

복도 끝에는 굉장히 낡아 보이는 구식 자물쇠 문이 달려 있었다.

문을 열자 놀라운 풍경이 펼쳐졌다. 분명히 통로는 맞는데, 풀과 나무가 우거져 있다. 그러나 나는 전만큼 놀라지는 않았다. 황시영이 걸음을 멈추고 말했다.

"내가 아까 말했지. 건물도 감정과 공생하는 생물처럼 변화할 수 있다고. 여기가 그 생명의 심장부 같은 곳이야. 예전에는 정글처럼 울창했다는데, 요즘엔 많이 시들었어. 안쪽으로 가자. 거기 네 상처를 낫게 할 물이 있어."

안쪽으로 들어갈수록 숲은 울창했다. 게다가 시간상으로 분명히 밤인데도 따사로운 햇살이 구석구석을 비추고 있다. 숲 한복판에 키는 낮지만 서너 아름쯤 되는 나무가 보였다. 그 나무 옆 바위틈에서 황토빛 물이 흘러나오고 있다.

"바지 걷고, 여기에 앉아 봐."

내가 바지를 걷자 황시영이 그 물을 손에 받아 내 상처를 적셨다. 물은 상처에 닿자마자 반고체의 젤리처럼 변하더니 곧 피부 속으로 스며들었다.

"이 물은, 이 나무가 자신의 생명을 나눠 주는 거야. 우리는 물을 그저 유동성의 액체, 물리적으로 대하지만 이 물은 기쁜 감정을 되살리는 물인 거지."

자세히 들여다보니, 상처는 흔적도 없고 오히려 새 살이 돋아난 듯 희고 보드라웠다. 나는 고개를 끄덕이며 나무에 기대앉았다. 황시영이 나란히 옆에 앉았다.

"저길 봐."

황시영이 나뭇가지 가운데 한쪽을 가리켰다. 다른 가지들과 달리 잎도 다 떨어지고, 검붉은 빛을 띤 앙상한 나뭇가지였다.

"나무가 시들고 있어."

왜? 나는 황시영에게 눈으로 물었다.

"원래 학교에 존재했던 가치 있는 것들, 예를 들면 친구와의 우정, 선생님들의 열정, 배움의 순수한 기쁨, 이런 것들이 점점 변질되고 있기 때문이야. 세상이 변하면서 학교의 모든 것도 그저 욕심을 채우기 위한 수단으로 변하고 있어. 우정은 막간의 즐거움일 뿐이고, 배움의 기쁨은 그저 점수를 얻기 위한 지식 쌓기에 그치고, 선생님들의 열정도 전과 달라. ……그래서 나무가 시들고 있는 거야."

황시영의 목소리가 침울하게 가라앉았다. 황시영의 말엔 나도 백번 공감한다. 지금 학교는 우정이 아니라 점수가 지배하고 있다. 그러나 나무가 시든다니, 갑자기 마음이 무거워졌다.

"나무가 죽으면 여기도 사라져. 그럼 학교는 여태까지 네가 알고 있던 것처럼 그저 바윗돌과 철근, 콘크리트로 된 딱딱하고 의미 없는 덩어리가 되는 거야. 그 순간 우리의 웃음과 기쁨도 사라지겠지."

그럼 어떻게 해야 되는 거야, 묻고 싶었지만, 그녀의 표정이 너무 슬퍼 보여서 입이 떨어지지 않았다. 그녀는 말없이 위를 쳐다보았다. 나도 그녀를 따라 신비한 공간의 천장을 올려다보았다. 그 천장 너머로 별 같은 것이 반짝였다.

그것들의 숫자들을 헤아리는데, 갑자기 사방이 확 어두워졌다.

으윽, 뒷목이 당긴다.

여긴 어디지? 무슨 약품 냄새 같은 것이 훅 끼쳐 왔다. 병원인가?

간신히 눈을 떠 보니 익숙한 풍경이 눈이 들어온다. 벽에 걸린 시력표, 체중계, 건강기록부 보관함……. 양호실이다.

그럼 황시영은? 나무는?

나는 주변을 둘러보았다. 아무도 없다.

어떻게 된 거지? 어제 기억을 되살리려 생각을 모으고 있는데,

문이 드르륵 열리며 누가 들어왔다. 국어 선생님이었다. 머리가 희끗하고 보통 선생님과 좀 다른 면이 있어서 '도인'으로 통하는 선생님이다. 아이들과 어울리기를 좋아해서 그의 주변에는 늘 아이들이 많았다.

"깼냐? 좀 더 쉬어라. 아침에 출근했다가 복도에서 쓰러져 있기에 이리로 데려왔다."

시영이는요? 하고 물으려다 나는 말을 멈췄다. 선생님이 다 안다는 듯한 눈빛을 하고 있었기 때문이다. 문득 그 눈빛이 황시영과 닮았다는 생각이 들었다.

내가 몸을 일으키려 하자, 그냥 누워 있으라며, 빵과 우유를 머리맡에 놓았다.

"이거 먹고 좀 더 쉬다가 보건 선생님 오시면 그때 교실로 올라가거라. 집에는 내가 다 얘기해 놓았다. 아마 친구가 가방도 챙겨 올 거다."

선생님은 다시 양호실을 나섰다. 문을 열다 말고 문득 생각난 듯이 내게 물었다.

"그 나무는 잘 있든?"

교실로 올라오자마자 나는 황시영부터 찾았다.

있다. 황시영은 어제 모습 그대로 창가 자리에 앉아 있었다.

나는 그녀를 부를까 하다가 그냥 두었다. 어제 일에 대해 어쩌고저쩌고 떠들어 대면 안 될 것 같았다. 마치 뿌리박힌 나무처럼 앉아 창밖을 보는 그녀의 분위기가 그랬다.

"야, 오늘도 눈에서 하트가 쏟아진다. 진짜 재 좋냐?"

언제 왔는지 수선을 떠는 안경잡이를 뒤로 하고 나는 조용히 내 자리로 갔다. 그리고 그녀처럼 자리에 앉아 창밖을 보았다. 은행나무 이파리가 바람에 흔들리고 있다. 마치 나를 향해 흔드는 손바닥 같다.

나무— 나무에 생각이 미치자 어제 그 나무가 생각났다.

생명을 주는 나무, 그 나무가 시들고 있다. 내가 뭘 해야 하지, 나는 황시영을 보았다. 황시영은 여전히 정물처럼 앉아 있다. 문득 어제 그녀가 해 준 말 가운데 우정, 열정, 희망—이런 낱말들이 떠올랐다.

나는 천천히 교실을 둘러보았다. 늘 보던 익숙한 사물들이, 친구들이 하나하나 전혀 다른 느낌으로 다가오기 시작했다. 동시에 어떤 기운 같은 것이 차올랐다.

나는 자리에서 일어났다.

후기

소설을 읽으며 손발이 좀 오그라들었지요?

이 작품은 사실 작년에 쓴 제 처녀작인데, 당시 간결하고 깔끔한 문장을 쓰는 능력이 안 되는 상황에서 진지하게만 쓰려다 보니 이런 오글거리는 작품이 나오지 않았나 싶습니다. 뭐 지금도 그때보다 실력이 크게 나아진 건 아니지만, 덮어둔 지 일 년이 넘은 소설을 다시 꺼내 수정 작업을 하다 보니, 이걸 그냥 책에 실었다가는 이상한 쪽으로 이름이 알려져 얼굴도 못 들고 다니는 건 아닐까 하는 불안감이 살짝 들기도 했습니다. 그래도 이 책(학교 판타지)의 시발점이 된 작품이니만큼 엉성하더라도 순수함으로 봐 주셨으면 합니다.

이 소설에서 제가 전달하고자 하는 메시지는 아주 단순합니다. 이미 시영이 입을 통해 모두 전해졌을 테니 따로 설명드릴 것도 없겠네요. 어쨌거나 한 명의 학생으로서 모든 학교가 좀 더 즐겁게 다닐 수 있는 학교가 되었으면 좋겠습니다.

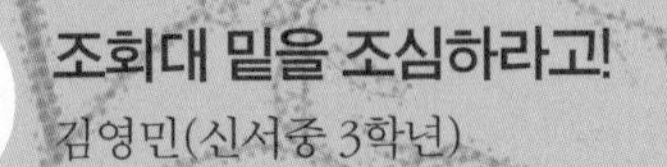

조회대 밑을 조심하라고!

김영민(신서중 3학년)

짝사랑에 빠진 그대에게

인소연(신서중 3학년)

고양이 창고

정하민(신서중 3학년)

락 樂

즐거움〉 그래도 마음은 미래에 즐겁고 흥겨운 것

짝사랑에 빠진 그대에게

인소연(신서중 3학년)

"그래! 사랑아, 오늘 또 가는 거다."

아카시아 향이 아이들의 땀 냄새에 섞여 아침 바람을 타고 예민한 후각을 자극한다.

손부채질을 하면서도 참새처럼 재잘거리며 수다를 떠는 아이들, 더운 입김이 여기저기서 뿜어져 나온다. 가만히 있어도 땀이 줄줄 흐른다. 덥다!

"콜! 오늘은 팥빙수 먹자! 너무 덥다. 오늘 축구시합도 있잖아."

벌써 6월 중순에 다다랐다. 창밖을 보니, 맑은 하늘 아래 녹음이 무성하다.

교정의 나무마다 여름을 알리는 듯 매미가 줄기차게 울어 댄다. 이맘때쯤이면 시작되는 또 다른 시즌, 바로 반별 축구 대항전이다. 작년에도 '헛발퀸'이라고 불리며 학급에 민폐를 끼쳤던 나는 내심 한숨부터 나왔다. 에휴… 이놈의 축구!

그러다가 그만 김미남과 눈이 딱 마주치고 말았다.

화끈. 예쁜 모습만 보여 줘도 모자랄 판에 또 멍한 표정을 들키다니.

나는 재빨리 얼굴을 가리고 친구들 대화에 다시 끼어들었다. 곁눈질로 힐끔 보니, 어느새 김미남은 이어폰을 귀에 꽂은 채 창밖을 보고 있다.

단정하고 훤칠한 외모, 무엇보다 주변 사람들까지 기분 좋게 하는 성격과 훈훈한 분위기까지 이름 그대로 '미남'이다. 옆으로 보이는 그의 가지런한 속눈썹이 그늘을 만들며 서글서글한 눈매를 가려 준다. 반달로 휘어지게 웃는 저 눈웃음에 첫눈에 반했었는데.

늘 같은 패턴의 반복. 어쩌다가도 눈이 마주치면 심장이 쿵—하고 내려앉는 동시에, 눈을 피해 버린다. 나는 언제쯤이면 당당하게 정면으로 마주할 수 있을까?

"야, 윤사랑! 뭐냐, 너는 만날 멍만 때리고……."

"으, 나 지금 더워. 말 시키지 마."

"멍 때릴 처지가 아니실 텐데요, 헛발퀸 윤사랑 씨! 오늘이 우리 예선 경기인 거 알지? 뭐, 이번에도 규리가 알아서 골 넣고 하겠지만. 서규리 쟤가 완전 에이스라는 거 아냐."

채연의 손가락 끝을 따라가 보니 김미남과 서규리가 토닥거리며 장난을 치고 있다. 미남과 규리 얼굴에서는 웃음이 떠나갈 줄 모른다.

인터넷에서 읽었던 짝사랑 증세 열여덟 번째— '그가 다른 여자와 다정하게 이야기할 때 아무렇지 않은 척한다. 사실 무지 슬프다.' ……지금이 그렇다.

지금 나는 언제나 그날이 그날인 상황을 한 발도 못 벗어나고 있다.

아침이면 초췌하게 보이지 않으려고 누구보다 치장에 신경을 쓰고, 학교 와서는 짐짓 미남이의 시선을 끌 작정으로 주위 남자애들과 다정하게 장난을 친다. 쉬는 시간, 언제나 단정한 용모를 유지하기 위한 꼼꼼함도 잊지 않는다. 그치만 아는 척은커녕 눈길 한 번 주지 않는다.

나는 내 단짝 규리보다 예쁘지도, 성격이 좋지도, 몸매가 잘 빠지지도 않았다. 그래서 더 열등감을 느낀다. 미남과 규리가 말하는 모습만 봐도 속이 쓰리다. 덕분에 친한 친구를 속으로 미워한 적도 많았다. 나란 인간은 겨우 친구나 질투하고 의심하는 저질 덩어리, 라는 사실이 또 나를 슬프게 하고. 그러면서도 미련하게 이 해바라기 같은 사랑을 버리지 못하고 있다.

입안이 쓰다.

시간이 LTE 속도로 빠르게 가더니, 기어코 5교시 축구 예선 시합 시간에 다다르고 말았다.

"양쪽 선수 인사! 긴장하지 말고 최선을 다해 주길 바란다. 몸부터 풀고 시작하자."

아직 점심이 제대로 소화도 안 됐는데…….

걱정스럽게 몸을 풀면서도 눈은 어느덧 미남이를 찾아 두리번거리고 있다.

어! 눈이 마주친 미남이가 눈꼬리가 반달로 휘어질 만큼 맑게 웃는다. 혹시 나보고 웃은 걸까……?

삐삑—

시합 시작을 알리는 호루라기가 울리고, 저질 축구가 시작되었다.

공이 저기 있으면 저기로 우르르, 여기 있으면 여기로 우르르……. 공을 중심으로 몰려다니는 기세에 눌려 나는 주춤거리며 왼쪽 빈자리로 빠져나왔다.

"우오오오!! 서!규!리!! 서규리!! 우윳빛깔 서규리!"

어느새 미드필더인 규리가 상대편 공을 빼앗아 내 쪽으로 빠른 기세로 달려온다. 패스를 받기 위해 나도 규리 쪽으로 뛰었고, 상대편도 공을 뺏으려고 벌떼처럼 달려들었다.

그때였다. 빠른 속도로 드리블하던 규리가 상대편과 부딪치면서 기우뚱, 나를 덮쳤다. 우리 둘은 마치 한 몸이 된 것처럼 그대로 바닥에 나동그라졌다.

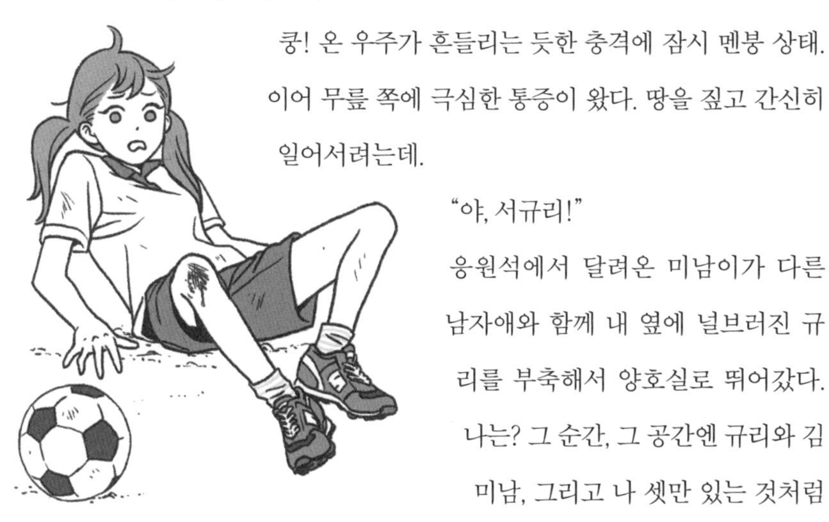

쿵! 온 우주가 흔들리는 듯한 충격에 잠시 멘붕 상태. 이어 무릎 쪽에 극심한 통증이 왔다. 땅을 짚고 간신히 일어서려는데.

"야, 서규리!"

응원석에서 달려온 미남이가 다른 남자애와 함께 내 옆에 널브러진 규리를 부축해서 양호실로 뛰어갔다.

나는? 그 순간, 그 공간엔 규리와 김미남, 그리고 나 셋만 있는 것처럼 느껴졌다. 나도 다쳤는데……. 둘은 점점 멀어지고, 나만 혼자 점점 작아지고 있다.

나는 절룩절룩 다리를 절며 혼자 현관 쪽으로 걸어갔다.

뒤에서 경기 시작을 알리는 호루라기 소리가 이어졌다.

"사랑아, 괜찮아?"

잠깐 채연이 왔다 갔을 뿐, 현관 안쪽 벽에 혼자 기대앉아 있는데 눈물이 날 것 같다.

상처에 피가 송글송글 맺혔으나 무릎쯤이야 하나도 안 아프다.

나쁜 놈…… 말미잘, 해파리, 멍게, 연가시 같은 놈!

역시 나 같은 건 눈에도 안 보였던 거다. 아까 미소도 규리를 보고 웃은 거겠지.

혼자 착각하고 좋아했던 내가 정말로 한심하다. 아, 찌질한 윤사랑.

"야, 거기 머리 산발인 여자애!"

고갤 돌려보니 2학년 미술 선생님이다. '노처녀 히스테리'라고 불리는 유명한 선생님.

"여기서 청승떨지 말고 지금 이것 좀 미술실에다 갖다 놓거라."

선생님은 뚜벅뚜벅 다가와 내 품에 골판지 미술 작품을 한가득 쏟아 놓았다.

"미술실 비밀번호는 이삼오륙이다. 이삼은 오가 아니라 육, 이렇게 외우면 안 까먹겠지? 작품들은 왼쪽 구석에 있는 상자에 넣으면 된다."

짜증이 머리끝까지 나 있는데 심부름까지……. 하긴 여기 이러고 있는 것보다 뭐라도 하는 것이 좀 나을지도 모르지. 이따가 우르르 몰려올 아이들도 피할 수 있고.

이삼은 오가 아니고 육.

비밀번호를 누르고 미술실 문을 여니 싸한 종이 곰팡이 냄새가 훅 끼쳐 온다.

여기저기 걸린 알록달록 미술 작품들, 구석에 일렬로 놓인 이젤 등이 어지럽다. 서랍장 위에 아그리빤지 오그리빤지 하는 조각상이 처진 눈으로 날 내려다보고 있다. 어째 분위기가 좀 그렇지만 그래도 다양한 색상으로 장식된 작품들을 보니 기분이 좀 나아지는 것 같다.

안고 온 것을 구석 상자에 쏟아 놓고 돌아서려는데.

……?

상자 바로 위에 걸린 뭔가가 눈길을 잡아끈다. '인간 권리'?

뭔 미술 작품 제목이 도덕책 같냐. 자세히 살펴보니 제목 밑으로 여러 단어를 열거하고, 단어마다 그림을 하나씩 곁들였다. 인간의 권리를 그림으로 보여 주자는 뜻인 것 같았다. 그린 연도를 보니 오 년 전이다. 졸업 선배가 남긴 작품인가?

자유로울 권리, 실패할 권리, 착각할 권리, 똥 눌 권리, 꿈꿀 권리…….

'실패할 권리' 옆에는 빵점짜리 시험지가, '똥 눌 권리' 옆에는 '누가 내 머리에 똥 쌌어?'의 두더지가 그려져 있다. 어떻게 이런 생각을 했는지, 내심 감탄스럽다.

그러다가 '짝사랑할 권리'라는 구절에 내 눈길이 딱 멈췄다.

다른 것은 다 그림이 곁들여져 있는데, 이것만 이상한 도형을 그려 놓았다. 2% 마실 때 늘 보던 QR코드랑 쏙 빼닮았다.

이건 뭐지?

호기심에 주머니에서 구식 스마트폰을 꺼내 그 코드를 찍어 보았다. 그러자 화면에 알 수 없는 팝업창과 다운로드창이 뜬다.

어라, 혹시 보물 지도 그런 거 아냐?

호기심 반, 기대 반으로 파일을 내려받은 후 어플을 실행시켰다.

'이어 드립니다'라고 쓰여 있는 어플. 어딜 봐도 그냥 '평범한' 어플이었다. 보물 지도는 개뿔, 실망감에 나는 서둘러 미술실 문을 닫고 다시 운동장으로 향했다.

현재 시각은 저녁 9시 13분.

어쩌지…….

지금 나는 엄청난 고민에 빠져있다. 카카오톡을 켰다가 껐다가, 켰다가 껐다가를 무한반복하고 있다. 관자놀이가 다 아플 지경이다.

보내? 말아? 씹으면 어떡하지? 아니, 아니, 첨에 뭔 말을 하지? 다른 남자애들이랑 카톡할 땐 무슨 말을 했더라……?

머릿속이 지우개로 지워 놓은 것처럼 새하얗다. 매일 반복되는 이 짓.

어느 날인가 채연이가 언니에게 받았다며 '짝사랑 성공 7단계' 라는 자료를 한 장 내밀었다.

자세히 읽어 보니 나는 5단계 문턱쯤 되는 거 같았다.

1단계. 기다려라. 성급하게 고백하지 말고 차근차근 주변에서 맴돌아야 한다. (난 충분하게 맴들았다.)

2단계. 주변에서 알짱거린다. 그의 동선을 파악하라. 자주 보이면 그만큼 친밀감을 갖게 된다는 것이 과학적으로 밝혀졌다. (그의 동선도 환하고, 열심히 알짱거렸다.)

3단계. 주변 사람과 친해진다. 짝사랑을 받아들일 때 주변 친구들의 한마디가 결정적인 작용을 한다. (충분하게는 아니어도 자연스럽게 장난을 칠 정도는 친하다.)

4단계. 간단한 인사를 나눈다. 안녕! 짧은 한마디지만 호감이 담겨있는 한마디이다. (미남이가 시크하게 넘겨서 그렇지 나는 늘 안녕, 하루에 한 번은 인사한다. 거울 앞에서 연습한 거까지 치면 수백 번도 넘을 거다.)

5단계. 간단한 대화를 한다. 너 숙제 다 했어? 등의 간단한 대화는 상대방에게 호감을 깊어지게 한다. (눈만 마주쳐도 터져 버릴 것 같은데, 문장까지는 넘사벽이다. 수행평가 같은 거 할 때 모둠이라도 같으면 좋겠는데, 운명은 늘 비껴갔다. 무엇보다 미남이는 규리와 같은 모둠에 이어, 이번엔 짝까지 돼 버렸으니.)

카톡을 보낼까 말까, 무슨 말을 하지?

결국 오늘도 이 벽을 넘지 못하고 카톡을 포기한다.

게임이나 할까, 폴더를 기웃거렸으나 모든 게임들이 다 재미없어 보인다.

그때 문득 '이어 드립니다'라는 낮에 본 그 어플이 눈에 띄었다. 핑크색에 조잡한 하트…….

나는 다시 한 번 어플을 실행해 보았다. 기대하고 하는 게 아니라, 그냥 심심해서 하는 거야! 큼큼……이어 준다는 게 사람과 사람이 아니고 이어 붙이기 게임일 수도 있잖아?

요즘 어플들은 참 모던하게 나온다. 이 어플에도 카카오톡 그림이 있다.

멀티 카카오톡인가? 클릭! 하니 메시지 창이 뜬다.

뭐지? 여기다가 아무거나 치라는 건가?

나는 메시지 창에 [안녕?]이라고 친 후 전송을 눌렀다.

[카카오톡이 도착하였습니다♪]

삑—.

[김미남: 안녕?]

어라? 미남이가 웬일로 카톡을?

순간, 두근거리는 마음보단 섬뜩한 마음이 들었다.

긴가민가하는 마음에 다시 카카오톡 그림을 클릭한 후, '나 미남인데 지금 뭐해? 아까 다친 덴 괜찮아?'라고 쳐서 전송하였다.

설마…… 아닐 거야. 우연이겠지. 어떻게 내가 보낸 메시지하고 똑같이 오겠어.

[카카오톡이 도착하였습니다♪]

삑—. 바로 답이 왔다.

[김미남: 나 미남인데 지금 뭐해? 아까 다친 덴 괜찮아?]

등 뒤가 오싹해졌다. 아니, 어떻게 이런 도깨비 같은 일이?

그날따라 매미의 울음소리가 크게 들렸고, 시계 초침 소리가 귀를 멍멍하게 때렸다.

내가 보낸 문자가 미남 이름으로 다시 오다니, 정말 이 어플 뭔가 있는 거 아냐?

그런데 이 어플은 설명도, 글도 없이 그림 목록만 가득할 뿐이다.

이게 뭔지 알아야 죽이든 밥이든 할 게 아닌가. 머리카락을 입에 물고 질근질근 씹으며 핸드폰만 뚫어져라 째려보지만 답이 나오지 않는다. 그렇다면?

가장 인간적인 방법, 아무거나 다해 보면서, 사용법을 익히는 수밖에!

대박도 이런 대박이 없다.

일일이 눌러 보고 실험하고, 다시 확인하고…… 주말을 다 허비했지만, 시간이 대수랴. 나는 어플 사용법을 완전히 터득할 수 있었다. 뭐든지 해 봐야 안다더니! (물론 핸드폰 갖고 하루 종일 쓸데없는 짓한다고 엄마한테 욕을 바가지로 먹긴 했다.)

이 어플은 좋아하는 사람의 기본 인적사항(전화번호, 생년월일 등)을 입력하면 그 사람의 심리 정보가 다 뜨는 일종의 마법의 수정구슬 프로그램인 것이다. 그의 관심사는 무엇이고 이상형은 어떤 것인지 등등을 그대로 보여 주는. 심지어 일부 코드는 내가 수치나 급수, 정도를 조정하는 것도 가능했다. 예를 들어 미남이가 다른 여자들에게 갖는 호감도를 조정할 수도 있는 거다. 한마디로, 마음만 먹으면 이거 하나로 김미남을 완전히 '윤사랑만의 것'으로 만들 수 있다는 것! 이런 기특한 어플!

어플 이름대로 어쩌면 진짜 내 짝사랑과 이어질지도 모르겠다.

"이제 어떻게 해 볼까……. 일단, 미남의 호감 형태로 머리는 투포니 스타일로 바꾸고, 나만 쳐다볼 수 있게 만들자. 음, 이건 이렇게 하고…, … 아, 그리고 나 말고 다른 애랑 카톡하는 것도 당분간은 금지다. 이건 이렇게…음…아니다. 조금만 더 바꾸자. 그래, 이거다. 이 정도면 딱 된 것 같아."

난 월요일이 되기를 목을 빼고 기다렸다.

드디어 월요일. 학교 가는 날이 이렇게 기다려졌던 적은 처음일 거다.

교복을 입고, 머리를 손질하고, 재빨리 가방을 들쳐 메고 날듯이 학교로 갔다.

2층 동쪽 끝이 우리 반이다. 가쁜 숨을 몰아쉬며 층계를 다 올라 교실 쪽으로 막 돌아가다가 김미남과 딱 마주쳤다.

"윤사랑, 안녕? 어, 머리 묶었네. 잡아당기기 좋겠네~."

"어… 악! 아 진짜. 김미남! 머리 망가진단 말이야!"

"어젠 카톡도 씹더구만. 많이 바빴어? 아니면 다쳐서 그런 거야?"

"으—응. 어제 숙제하다가 깜빡하고 잠이 들어 버려서……."

나는 대답을 얼버무리고는 후다닥 교실로 들어왔다.

가슴이 콩닥콩닥, 미남의 손이 닿은 머리가 화끈화끈, 소심하긴 하지만 스킨십을 했어. 그리고, 저거 지금 나한테 한 말인 거 맞지? 나 다친 거 걱정했단 말이지? 평소 같으면 쳐다보지도 않던 김미남이.

……분명 어플이 실제 가동되는 게 틀림없다. 아아, 드디어!

감격의 엔도르핀이 전신을 휘감으면서 얼굴이 불에 덴 듯 화끈 달아올랐다.

실제로 그날 이후 이야기를 나누는 시간이 많아졌고, 밤늦게까지 카톡하는 일도 잦아졌다.

미남이가 수시로 날 쳐다보는 눈길도 느껴졌다. 장난치다가 내 머리에 헤드락을 걸고 교실로 끌고 들어오기도 했고(물론 아이들이 우우우 괴성을 지르며 난리였다.) 가끔은 스스럼없이 손을 잡기도 했다.(이때마다 얼굴이 홍당무가 되어서 친구들의 야유를 받았다.)

"김미남, 그게 아니라니까! 이건 통계 개념으로 풀어야 돼. 그 도수분포표를 보면……."

미남이가 모르겠다는 문제를 알려주는데, 보라는 문제는 안 보고 내 얼굴을 빤히 쳐다보는 게 아닌가! 덕분에 눈이 딱 마주쳐 버렸다.

"왜? 내 얼굴에 뭐 묻었어?"

"그냥……. 근데, 너 손 엄청 작다."

하며 내 손을 가져다 제 손 위에 슬쩍 올려놓더니 또 눈웃음을 짓는 게 아닌가!

순간적인 아찔한 멘붕……. 내가 전생에 나라라도 구했나 보다. 어떻게 이런 일이…….

규리, 보고 있냐?

며칠 후 나는 다시 '이어 드립니다' 어플을 실행했다.

어쩐지 요즘 미남의 눈빛 표정, 말투가 달라 보였기 때문이다. 표정도 시큰둥하고 내가 뭘 물어봐도 돌아오는 건 단답형 대답뿐이다. 카톡을 씹는 일도 빈번했다.

……뭔가 있다.

여자의 예감은 무섭다는데. 문득 혹시 내가 방심한 사이 좋아하는 애가 생긴 게 아닌가 하는 생각이 들었다. 설마, 하는 마음으로 미남의 정보를 클릭하였다. 그러나 설마가 사람 잡는다고. '좋아하는 이성' 칸에 뜬 '서규리'라는 세 글자를 보는 순간, 눈이 홱까닥 뒤집혀지는 줄 알았다.

규리는 날씬하고, 키도 크고, 예쁘장한데다가 성격까지 좋다. 한마디로 엄친딸!이다. 친구들은 물론이고, 선생님들까지도 규리를 좋아한다. 솔직히 말하면, 규리에게 내가 김미남을 좋아한다고 말한 이유는 '내 거니까 건들지 마!'라는 경고의 의미도 있었다. 그만큼 규리는 절친이자 동시에 '위험한 적'이었다.

마음이 복잡했다. 공부 같은 건 눈에 들어오지 않았다.

그렇다면 그간 대화는 그저 어플이 '시키는 대로' 했을 뿐이라는 건가?

실행 명령키를 누르지 않으면 끝나는 거고? 어느 정도 나한테 마음은 있다고 생각했는데, 혼자만의 착각이었던 걸까? 정말……나는 그저 차이기만 하는 축구공 인생인 걸까.

눈물이 찔끔 나왔다.

그때 흐릿한 시야 사이로 막대그래프 같은 창이 보였다. 들여다보니 호감도 조정 창이다. 내가 아무리 김미남을 좋아하더라도, 그의 마음까지 조정하는 것은 뭔가 찜찜해서 한 번도 건드린 적이 없었다.

그러나 이미 손은 제멋대로 '서규리99♥'을 가리키는 막대기를 주욱 내리고 있다. 순간 99였던 하트막대가 0으로 떨어졌다.

"앗! 내가 무슨 짓을 한 거야."

이러려고 한 건 아닌데……. 나는 재빨리 호감도 재설정 버튼을 눌렀다. 그러나 '호감도 재설정은 1회만 가능합니다.'는 빨간 경고창만 뜰 뿐, 숫자는 꼼짝도 하지 않는다.

나는 당황한 나머지 벌레 집어던지듯 핸드폰을 침대 위로 획 내던졌다.

이거, 어떡해.

실제 다음 날부터 김미남은 규리를 쳐다보지도 않았다.

대화는 물론이고, 아예 규리 근처를 가지 않았다. 당황한 기색이 역력한 규리를 보는 순간, 죄책감이 들었으나 또 한편으로는 묘한 안도감이 고개를 내밀었다.

다시는 어플을 쓰지 않겠다는 다짐은 며칠을 넘기지 못했다.

김미남을 좋아하는 여자애가 보일 때마다 신경이 쓰여 가만히 있을 수가 없다.

미남이를 입에 올리는 모든 여자애들 또한 눈엣가시처럼 여겨졌다. 그럴 때마다 나는 어플로 모든 호감도를 바닥으로 끌어내렸다. 물론 죄책감이 컸지만 손이 먼저 움직였다.

덕분에 누가 봐도 미남이와 나는 절친 사이였다.

미남이는 다른 여자애하고는 일체 말도 하지 않고, 카톡도 하지 않았다. 교실에서는 늘 나와 함께 움직였다. 슬쩍 자리를 바꿔 같이 앉기도 하고, 무더운 체육 시간이면 부채를 쥐어 주고, 에어컨이 쌩쌩 추운 교실에서는 자기 교복 셔츠로 가려 주고, 우린 부족한 게 없는 '연인' 사이였다. 돌아서면 뭔가 허전한 느낌이 없지 않았지만, 중요한 것은 미남이 내 옆에 있다는 것.

그렇게 몇 주가 흘렀다.

이 정도면 이제 정식으로 사귀어도 되지 않을까.

그치만 여자가 먼저 고백하는 건 아무래도 모양이 빠진다. 아무리 남들이 다 인정하는 사이라고 해도 남자애가 나서야 모양상 좋다. 어플을 쓰자!

익숙하게 어플을 실행하고, 행동 설정에 '고백'을 누르려는 순간, 누군가 스윽 목덜미를 잡는 느낌이 들었다.

……고백을 한 후에는……?

한 번도 생각해 본 적이 없었다. 아니, 생각할 필요가 없었다.

언제나 미남이를 마음대로 할 수 있었으니까.

순간 멍해졌다. 그러고 보니, 이 어플을 실행한 이후로 미남이 때문에 본격적으로 고민한 적이 없다. 답답한 문제는 어플이 다 해결해 주었다.

어플을 얻기 전에는 미남이의 표정, 눈빛 하나하나가 다 의미가 있었다. 때로는 슬프고 때로는 고통스러웠다. 그 모든 것을 감수할 만큼 미남이가 좋았다. 그러나 지금은 미남이 곁에 가까이 있지만 전만큼 설레지 않는다.

"고백하고 사귀면서도 어플을 써야 하나?"

그렇다면 김미남은 어플이 없으면 신기루 같은 것? 이렇게 강제로 나를 좋아하게 만들고 사귀는 건, 컴퓨터에서 애완동물을 키우는 것이나 다름없다.

어떡하지?……생각할수록 점점 기운이 빠졌다.

다음 날 나는 미술실 복도 앞을 기웃거렸다.

아무래도 선배가 그렸다는 그림을 한 번 더 보고 싶었다. 아니 봐야 할 것 같았다. 거기에 뭔가 답이 있을 것 같은 예감.

그런데 이삼은 오가 아니라 육, 이 비밀번호로 키가 열리지 않는다, 미술선생님이 번호를 바꾼 것 같았다. 한참 기웃거리고 있는데,

"거기 못 생긴 애!"

돌아보니 미술 선생님이다. 못생긴 애? 주위를 둘러보았으나 아무도 없다.

"너 말이야, 너 말고 거기 누가 또 있어. 이리 와서 이것 좀 같이 들자!"

못 생겼다고? 숙녀에게 이런 치명적인 발언을? 그러나 짐을 내려놓고 양팔을 허리에 올리고 있는 선생님의 기세에 눌려 나는 아무 소리도 못하고 짐을 들어야 했다.

"이사는 칠이 아니라 팔."

미술 선생님이 중얼거리며 키 번호를 눌렀다. 이사칠팔, 비밀번호가 하나씩 올라가는구나. 픽 웃음이 나왔다. 보기와 달리 재미있는 선생님이다. 선생님 짐을 구석에 내려놓고 나는 슬며시 그 그림이 붙어 있는 자리로 갔다.

어?……그림이 없다.

아무리 눈을 비비고 봐도 다른 그림이었다. 사방을 꼼꼼하게 다

둘러봤으나 그 그림은 없다.

선생님이 이제 가도 된다며 손짓을 했다. 나는 원래 그림이 있던 자리를 가리켰다.

"선생님…… 여기 벽에 있던 그림 다른 데로 치우셨나요?"

"무슨 그림을 치우냐? 난 바빠서 그럴 틈이 없단다."

"제목이 '인간권리' 그런 거였는데요. 졸업 선배가 그린 거고……."

"뭔 권리? 거 이상하네. 며칠 전에도 어떤 놈이 와서 그 그림을 찾던데?"

"예?"

"이 미술실 번호는 나만 알고 있고. 내가 쓰는 전용이거든. 난 한 번도 벽에 전시된 그림을 바꾼 적이 없어요. 알겠니?"

황당했다. 처음부터 없는 그림이었는데, 나 말고 또 누가 그 그

림을 찾았다고?

"어떤 애였어요? 그 그림을 찾았다는 애는?"

"나도 모르겠다. 머리통이 큰 사내놈이었는데……. 참, 그럼 너도 짝사랑 뭐 그런 거냐? 그 녀석 머리통만 커 가지고 짝사랑 어쩌고 하면서 징징거리던데……."

미술 선생님은 일손을 놓고 내게 다가오더니 내 명찰을 보았다.

"윤사랑? 이름 한 번 사랑스럽구만. 너도 짝사랑 그런 거면, 괜히 징징대지 말고 그냥 좋다고 말해 버려. 고백은 그 자체로도 충분히 아름답고 성공인 거야. 안 하는 게 실패인 거지. 요즘 놈들은 사는 것도 연애도 분명하질 못해요. 찌질하기들은."

띵, 뒤통수를 맞은 기분이었다.

사실, 나는 한 번도 살면서 제대로 부딪친 적이 없다.

모든 것에 도전하기 전에 미리 겁먹고 미리 피했다. 친구 관계도, 김미남 문제도 그랬다. 제대로 한 번도 정면으로 부딪쳐 본 적이 없다. '차일 게 분명해'라는 생각을 늘 머리에 달고 살았고, 차이면 더 이상 친구 사이로도 못 지낼까 봐 늘 전전긍긍했다.

퍼즐이 맞추어지듯이, 복잡하던 머릿속이 좀 정리되는 기분이다.

윤사랑, 이제 인큐베이터에서 나가자.

나는 미술실을 나서며 과감하게 어플을 삭!제!했다.

그리고 그날 밤, 나는 미남에게 카톡을 보냈다.

[사랑 : 카톡하다가 바닥으로 꺼졌나. 너 낼부터 나 축구 연습 좀 시켜 줄래?]

'짝사랑 성공 6단계'부터 내 식대로 새로 써 보는 거다.

6단계. 정식으로 인사한다. 마음을 담아. 그리고 같이할 만한 활동을 찾는다.

7단계. 고백한다. 최후의 순간, 고백을 해야 한다. 만약 거절당하면 그의 시야에서 사라진다. 상대방이 당신의 무관심한 모습에 호감을 느끼는 경우도 종종 있다. 그러나 반응이 없으면 완전히 정리해라. 그의 마음엔 이미 다른 사람이 자리 잡고 있는 것이므로.

솔직히 잘될 거라고는 확신 못한다. 어쩌면 그의 시야에서 완전히 사라질 수도 있다. 그러나 어쩌랴. 뭐 비주얼이 규리보단 좀 떨어지긴 해도……그래도 나름 나만의 개성도 있고 매력이 있다. 땅콩만 한 키와 푸근한 성격! 얼마나 사람을 편하게 해 줄 수 있는 매력인가.

그리고 이 험한 세상에서 16년이나 그럭저럭 잘 버티고 있다.

아빠도 늘 그랬다. 공부도 연애도 사는 것도 도전해야 길이 열린다고.

엄마도 수많은 노력과 애정공세 덕에 얻은 사랑이라고.

가자, 윤, 사, 랑!

후기

실화를 바탕으로 엮은 이야기입니다.

짝사랑에 빠진 사람들이라면 모두 다 공감할 이야기가 아닐까요?

짝사랑하는 사람들의 공통점—'고백을 하자니, 용기가 안 나고, 하면 차일 것 같아 전전긍긍한다.' 여러 번 상상해 본 적이 있습니다. 짝사랑 남자애 머리통을 눈이 찢어져라 째려보면서 '저놈의 머릿속이 어떤지 정말 궁금하네!' 내 친구와 이야기를 하는 짝사랑 남자애를 보면서, '나 말고 아무랑도 얘기하지 않으면 좋겠다.' 혹은 '날 좋아하게 만들고 싶어.'…….

터치 한 번으로 짝사랑 상대의 마음을 다 알고, 자기를 좋아하게 만들 수 있다면 좋겠지만, 그래도 용기로 쟁취한 사랑이 더 값진 것만은 변함없겠죠? 설령 실패하더라도 고백은 그 자체로도 충분히 아름다운 성공이 아닐까요?

(보고 있나, 규리?)

짝사랑에 머리 아픈 사람들에게 잠시나마 휴식이 되었기를 바랍니다.

^^;

조회대 밑을 조심하라고!

김영민(신서중 3학년)

어떤 놈이 내 몸을 들고 튀었다.

수요일 4교시 체육 시간. 날씨는 오지게 더웠다.

소위 잘나가는 놈들은 운동장에서 축구를 신나게 해 대고 있고, 고만고만한 놈들은 구석에서 흥도 안 나는 공놀이를 하고 있다.

아, 더워. 이런 날은 축구고 농구고 다 노동일 뿐이다. 그냥 그늘에 앉아 게임 생각이나 하는 게 최고다. 운동장을 둘러보는데, 어, 종이 쳤나? 아이들이 현관 쪽으로 몰려가고 있다.

"승윤아, 공 좀 조회대 밑에다 넣어 줘!"

친구 놈이 현관으로 달려가며 공을 던졌다.

나는 공을 들고 주위를 둘러보았다. 찐따 영석이 놈이 안 보인다. 이럴 때 대신 시켜 먹기 딱 좋은데, 이놈 시키, 벌써 교실로 들어간 모양이다.

할 수 없이 조회대 가까이 가서 문 안으로 공을 던졌다. 젠장, 벽을 맞고 튀어나온다.

그냥 가려니 찝찝하다. 공을 주워 직접 조회대 밑으로 기어들어가 바구니에 공을 넣고 나오려는데…….

……?

누군가 나를 지나쳐 조회대 밖으로 나가고 있다. 뭔가 오싹해진다.

나 말고는 아무도 없었는데?

순간 눈앞이 캄캄해진다. 잠깐 머릿속이 하얘지는 느낌, 이거 뭐지…….

정신을 차려 보니 아무것도 보이지 않는다. 어디서 웅웅거리는 소리가 들리는 것 같다.

역시 헛것을 보고 기절한 건가?

그런데…… 이상하다. 아무것도 느껴지지 않는다.

심지어 바닥조차 감각이 없고, 몸이 공중에 슬쩍 떠 있는 것 같다.

"신입인가? 나간 놈은 누구지?"

"돌부처귀신이겠지. 내내 지키고 있더니……."

"우리가 자는 동안 물었나 보군. 젠장."

잠깐, 목소리가……이상하다. 무슨 변조된 목소리처럼 기괴하게 꼬여 있다.

그런데 도대체 무슨 소리들을 하는 거지?

나는 다급하게 몸을 일으켰다.

"저…저기…."

어, 내 목소리도 이상하다.

"아, 새로 왔으니 물어볼 게 많겠군. 천천히 물어보라고."

"여긴 대체 뭐죠?"

"몰라서 묻나? 느네 학교 조회대 밑."

"아니… 그게 아니고, 대체 이게 뭐냐고요?"

"아, 그거. 넌 몸을 도둑맞은 거야!"

"네?"

"여기 있던 놈이 네 몸을 들고 튀었다고!"

"몸을… 들고 튀어요?"

"아이고, 새로운 놈이 올 때마다 설명을 해야 하니까 무진장 귀찮군. 넌 혼령이 된 거라고!"

목소리가 가까이 다가와 빠르게 속삭였다.

"딱 한 번만 설명할 테니 잘 들어라. 여기는 어떤 놈이 이상한 주문을 걸어 만든 공간이고, 너랑 나같이 아무것도 모르고 들어와서 몸을 뺏긴 영혼들이 한가득이야.
아무나 몸을 빼앗기는 게 아니고,
너같이 어리바리한 놈들이 걸려드는 거지."

“하, 하지만 전 여기 처음 들어온 것도 아닌데요?”

“보통은 그 시간대에 우리가 다 자고 있으니까.”

“자다니요?”

“잔다고. 잘 들어 봐. 지금 우리들 말고 뭐가 느껴지지?”

그러고 보니 정말 그의 목소리를 제외하고는 아무것도 느껴지지 않는다.

“어이, 신입 교육은 니가 시켜라. 난 그만 자야겠다.”

그러자 다른 쪽에서 귀찮다는 듯한 목소리 하나가 다가왔다.

“어이, 신입! 빨리 하고 자자. 그러니까 잔다는 건 의식을 놓는 거야. 해가 지면 절로 일어나게 되니까.”

“절로 일어난다고요?”

“그래. 저절로. 해가 지면 우리는 여기서 풀려나 마음껏 돌아다닐 수 있고.”

“그럼 유령……?”

“아까 뭘 들었냐? 너나 나나 혼령 상태야. 누구 눈에도 띄지 않고, 땅속 말고는 어떤 것도 그냥 통과할 수 있어. 그렇지만 해가 뜨면 다시 이곳으로 오게 되지. 여기에 매인 몸이거든.”

“그럼… 내 몸은 어떻게 찾아요?”

“빨리도 물어본다. 어렵긴 하지만 몇 가지 방법이 있기는 하지.”

“네? 그게 뭐죠?”

"하나는 네 몸을 뺏어간 놈이 다시 여기로 기어 들어와서 너한테 몸을 반납하는 것. 물론 현실성은 거의 제로에 가깝고."

"나머지 방법은요……?"

"네가 직접 찾아서 몸을 돌려받는 거지. 하지만."

"하지만?"

"빼앗은 놈이 바보가 아닌 이상 최대한 멀리 도망치겠지? 찾기 어렵단 말씀. 하루라도 빨리 몸을 갖고 싶다면 다른 놈 몸을 빼앗는 건데……이 학교에서 너처럼 어리버리한 놈은 열 명도 안 될걸? 더군다나 그놈들이 여기에 들어올 확률, 그때 네가 깨어 있을 확률도 지극히 낮은 거고. 그러니까 네가 다른 누구의 몸을 빼앗는 것도 불가능하다는 얘기지."

그럼 어쩌라는 거야.

"너무 걱정하지는 말라고. 백 일만 버티면 돼. 훔친 몸을 사용하는 한도가 석 달 열흘이야. 그게 마지막 방법이지. 지겹긴 하지만 속은 젤 편해. 어쨌든 고민은 낼 하고 잠이나 자 두라고. 머리 굴려봤자 별수 없어."

맞는 말이다. 지금은 너무 혼란스럽다.

내가 유령이 되었다니 말이 되는가. 더 이상 생각하다간 미쳐버릴 것만 같다.

그냥 의식을 놓자.

밤이 되자 진짜 모든 게 자유로워졌다.

나는 곧 조회대를 벗어나 사방을 떠돌아다녔다.

내 몸을 훔쳐간 놈을 만나면 어쩌겠다는 생각도 없이 무작정 돌아다녔다.

우선 학교부터 시작해서 집, 자주 가던 피시방 등을 다 둘러봤다. 그러나 노란 체육복을 입은 내 모습은 보이지 않는다. 내가 '나'를 찾는 꼴이라니. 어제까지만 해도 편하게 주스를 빨며 컴퓨터 게임을 즐기던 처지가 어떻게 하루 만에 이렇게 변하나, 기가 막힐 뿐이다.

아무 곳이나 쑥쑥 통과할 수 있으니 신기하긴 하다.

아침이 되어 다시 조회대 밑으로 돌아왔을 때는 거의 파김치가 되었다.

"어이, 성과는 있었나?"

어제 그 목소리가 말했다.

"못 찾았어요."

문득 어제 돌부처 어쩌고 하던 말이 생각났다.

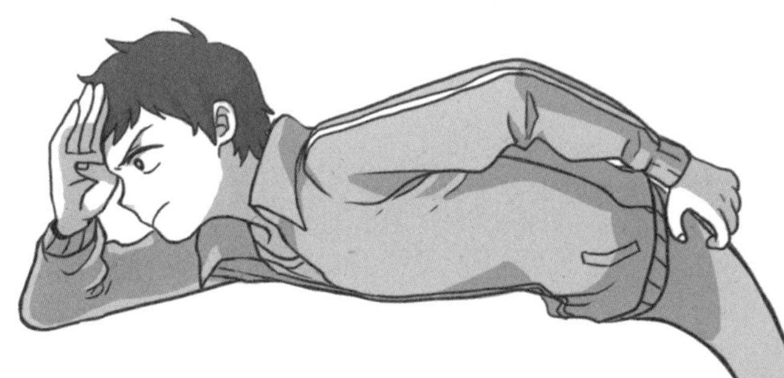

"……참, 내 몸을 훔쳐간 게 돌부천지 하느님인지 뭐라 그러지 않았어요?"

"아, 돌부처! 내가 그 말을 안 해 줬나?"

젠장, 어딜 가나 이런 웬수들이 꼭 있다. 핵심은 빼놓고 허드레 말만 늘어놓는.

"그 귀신한테 직접 물어본 건 아니고. ……전에 있던 고참 말로는, 몸을 훔치면 돌부처만 뒤지고 다닌다는 거야."

이건 또 무슨 소리? 난 절도 안 다니는데.

"그러니 찾고 싶으면 절을 뒤져 보든지."

그는 생각난 듯이 한마디 덧붙인다.

"만나면 왼쪽 어깨를 잡으라고. 왼쪽! 그래야 도망을 못 쳐."

다음 날부터는 절을 찾아 다녔다.

그 말이 진짜든 날 낚으려는 속셈이든 지금으로서는 별 방법이 없다.

우리나라는 참 절도 많고 부처도 많다. 뭐 교회보다는 적지만. 하여튼 죄를 비는 곳이 많다는 것은 그만큼 죄를 많이 지었다는 얘기다. 하긴 나도 죄를 따지자면 나방의 가루만큼 많긴 하다. 학원 땡땡이 치고 피시방 간 거, 아버지 지갑에 손댄 거, 센 척하려고 애들 앞에서 영석이 놈 이단옆차기 한 거, 싸가지 없이 구는 동생 놈 팬티에 치약 칠해 놓은 거…….

여주에 있는 조그만 절에서 '나'를 찾은 것은 꼭 닷새 만이었다.

과연 그는 돌부처 근처를 어슬렁거리고 있다.

고맙게도 노란색 체육복은 밤에도 눈에 잘 띄었다.

내가 '나'를 만난 게 이토록 반갑다니, 나는 휙 날아 그의 왼쪽 어깨를 잡아챘다.

돌아보는 '나'의 눈이 휘둥그레진다.

"후우… 벌써 온 거냐?"

만세, 드디어 찾았다. 부처님, 하느님, 감사합니다.

"자! 이제 제 몸 돌려주시죠!"

성질 같아서는 니킥을 한 방 먹이고 싶었지만 일단 참고 정중하게 요구했다. 그가 딴짓을 하면 나만 손해니까.

"…저기 가서 잠깐 이야기나 하지."

그는 힘이 쭉 빠진 목소리로 말했다.

"도, 도망가려는 거 아니죠?"

그는 몇 걸음 더 가서 바위 끝에 멈춰 섰다.

"후… 우리 거래를 하자. 일단 임자에게 발각된 이상 난 이 몸에서 오래 있을 수 없어. 하지만, 너에게 몸을 주지 않고 죽어 버릴 수도 있지."

앗, 그러고 보니 바로 앞 절벽 밑으로 푸른 강물이 넘실거리고 있다. 내가 수학만큼 싫어하는 게 물이다.

그는 곧 뛰어들듯이 허리를 구부렸다.

"내가 원하는 것을 해 줘. 그럼 몸을 돌려주지."

"그…그게 뭔데요?"

나는 그의 왼 어깨를 더 세게 움켜쥐었다.

그의 말을 전적으로 신뢰할 수는 없지만, 무리한 요구가 아니라면 들어주는 게 현명할 것 같았다. 진짜 뛰어들면 끝장이다. 나는 영락없이 물귀신이 되는 것이다.

"일단 여기 앉아 얘기 좀 하자."

우리는 절벽 끝 바위에 걸터앉았다.

"…나는 원래 조선 때 한양에 살던 머슴이었지. 주인 양반 똥개

노릇을 하는."

똥개든 삽살개든 몸을 찾았으므로 나는 좀 여유가 생겨서, 그의 얘기를 그냥 들어 주기로 했다.

"난 뭐든지 시키는 대로 다 했지. 하지만 어느 날, 늦잠을 잤다는 이유로 멍석말이를 당했고, 그 길로 피똥을 싸고 죽었지. 그냥 저승으로 가긴 억울했어. 아버지도 그렇게 죽었으니까. 그래서 나는 그 집 기둥에 붙어 매일 밤 그 양반을 괴롭혔는데……. 그놈의 양반이 어디서 무당인지 퇴마사인지를 구해 왔더라고. 아주 센 놈으로. 결국 나는 너희 학교 부근에 봉인 당했지. 그 학교 터가 좀 센 곳이야. 조회대 밑에만 해도 아직 봉인이 풀리지 않은 귀신이 수두룩해."

도대체 무슨 말을 하는 거야.

"…어쨌든 백년 봉인에서 깨어나서 보니까, 세상이 변한 게 하나도 없더라고. 잘사는 놈은 대를 이어 잘살고, 못 사는 놈은 늘 사는 게 그게 그거고. 괴롭히고 괴롭힘을 당하고…… 예전이나 지금이나 똑같아. 나는 이런 세상을 두고 볼 수 없네."

그는 잠시 말을 멈추었다.

"너 미륵불 비결 얘기 들어봤나?"

뭔 비결? 공부 비결, 성공 비결 뭐 이런 말은 들어봤어도 미륵 비결이란 말은 처음이다.

"이놈아, 공부 좀 해라! 내가 까막눈 머슴이어서 이렇게 몽달귀신이 된 거야. 공부 좀 하라고. 어쨌거나 선암사 도솔암이란 데를 가면 바위에 새겨진 미륵불이 있는데, 예부터 그 미륵불 배꼽에 세상을 바꿀 비결(秘訣)이 숨겨져 있다는 전설이 전해져 왔지. 그 비결이 밝혀지는 날에는 새 세상이 온다는 거야. 잘난 놈, 못난 놈 구분 없는 그런 세상. 그런데 동학 접주 중에… 아 참, 동학도 모르겠고만… 아이고, 답답… 여튼 손아무개라는 동학 장수가 그 비결을 꺼낸 거야. 그런데 말이지, 이게 어떻게 된 건지, 비결을 해독하기도 전에 어디론가 감쪽같이 사라졌다는 거야."

그는 잠시 침통한 표정을 지었다.

"그걸 찾아야 하네."

"그걸 어디 가서 찾아요? 한참 전인 거 같은데."

"누가 빼돌려 어디 돌부처 속에 감춰 놓았을 거다. 틀림없다."

그가 나를 쳐다보았다.

"네 몸을 며칠만 더 빌려다고. 이제 몇 군데 안 남았어. 넌 몸을 잘 가꿨어, 이런 데 써먹기에 딱 좋아. 심성도 깨끗하고. 마음보가 더러우면 눈에 때가 낀단 말이지."

멀쩡한 남의 몸의 훔쳐 놓고서 며칠 더 빌려 달라고? 이젠 안 속는다.

"그건 아저씨 사정이고……전 부모님이 기다린다고요!"

"이놈아, 나만 좋자고 그러는 거냐? 널 봐라. 공부는 바닥이고, 뭐 잘하는 것도 없고… 결국엔 힘 있는 놈한테 빌붙어 머슴처럼 살 텐데, 너야말로 그 비결이 꼭 필요한 놈이다."

뭐 그럴 수도 있겠지만, 지금은 몸을 찾는 게 중요하다.

"당장은 아니고… 일단 돌려줄 테니까… 한 달 뒤에 한 번 더 빌리자."

한 달? 그건 그때 가서 생각해 볼 문제다. 지금은 어떻게든 그를 달래야 한다.

나는 착한 목소리로 대답했다.

"뭐… 그렇다면 그건 생각 좀 해 볼게요."

그러자 그가 내 어깨를 툭 쳤다.

"그래, 허락할 줄 알았다. 고맙다. 내 이야기를 들어 준 게 네가 두 번째다."

두 번째? 또 어떤 어리버리한 놈이 걸려들었지?

"그간 여러 놈들 몸을 훔쳤는데 모두 제 몸을 가져가기 바빴지. 하여튼 요즘 놈들은 남의 얘기를 들을 줄을 몰라. 그러니까 목소리 큰 놈만 날뛰는 거라고."

"처음이 누군데요?"

"아, 그놈은 애가 아주 됐더라고. 눈을 보면 알지. 영석이라고……."

영석이? 그 찐따?

"애가 아주 물같이 맑은 앤데…… 친구 놈들이 아예 찌질이 취급을 하는 모양이더만. 착한 놈 대접 못하는 세상은 보나마나야. 그래서 빨리 비결을 찾아야 한다는 거야!"

"……."

"비결을 찾으면 너희들을 호출해서 세상을 바꾸는 군사로 삼을 거다. 영석이는 좌장군, 너는 우장군, 뭐 그런 식으로. 그러니 앞으론 영석이랑 잘 지내야 한다."

그러더니 갑자기 옆에 있는 뾰족한 돌을 주워 손목을 그었다.

잠깐, 저거 내 몸이잖아!

"지… 지금 뭐 하시는 거예요!"

"여기가 아플 때마다 약속을 생각하라고……. 영석이도 그렇게 했다. 뭐 그렇게 큰 상처는 아니니까 걱정 말고. 그럼 한 달 뒤에 조회대에서 만나는 거다!"

그는 말을 마치더니 순간적으로 내 뒤통수를 후려쳤다.

깨어나 보니, 경찰서 안이다.

정신을 차리자마자 나는 땅바닥을 디뎌 보았다. 바닥의 감촉이 느껴진다.

살았다, 몸을 찾았구나. 기뻐서 벌떡 일어난 순간, 어떤 순경의 목소리가 들린다.

"어린놈이 그 밤중에 강 절벽에는 왜 갔냐고? 이 순경, 부모님께는 연락했어?"

내가 현실로 돌아온 것은 확실하다. 갑자기 머릿속이 복잡해졌다.

잠시만… 그럼 나는… 닷새 동안 가출한 게 되는 건가?

이거 어쩌지?

어쨌든 나는 다시 학교로 복귀했다. 일주일 만이다.

친구 놈들이 이상한 눈으로 쳐다보겠지? 했는데 아무 놈도 아는 체를 안 한다.

존재감 제로, 내 인생이 그렇단 얘기다. 어쨌거나 오늘 중요한 것은 영석이 놈을 만나는 거다. 일단 그놈 팔목에 상처가 있는가 확인해 봐야 한다.

문득 머슴 귀신의 말이 떠오른다. 영석이 놈은 좌장군? 난 우장군?

피식, 말도 안 되는 소리다. 무슨 사극 찍는 것도 아니고. 근데 웃기긴 하다.

그나저나 이 자식 어떻게 만나냐. 대놓고 만나자니 다른 놈들이 수군거릴 게 분명하다.

일단 4교시 체육 시간을 노린다. 조회대가 딱 좋다.

"이영석! 이리 좀 와봐."

"어, 왜?"

"이따 체육 시간에 조회대 밑으로 와라! 늦지 마라."

4교시 체육 시간, 먼저 옷을 갈아입고 조회대 밑으로 들어간다.

경험도 있으니 뭐 이젠 거리낄 게 없…….

……?

순간적으로 누군가 나를 지나쳐 조회대 밖으로 나가고 있다.

오싹해지며 눈앞이 캄캄해진다. 잠깐 머릿속이 하얘지는 느낌. 이거 뭐지?

그런데 어디서 많이 듣던 목소리!

“어이! 재는 내 거라고! 건들지 말라고 했잖아!”

“알 게 뭐냐. 여기서 썩는 것도 이젠 지긋지긋하다고!”

아……

환장하겠네.

이번엔 또 어떤 놈인 거냐!

후기

사실 이 글은 일탈이 항상 즐겁기만 할까? 하는 생각에서 쓰기 시작한 작품이에요.

주인공은 항상 지루한 일상 속에서 일탈을 원해 왔지만, 그 때문에 몸을 빼앗기게 되고, 결국 일상의 중요성을 깨닫는다는 그런 내용을 담으려고 했으나, 제 능력 부족으로 많이 다른 방향으로 흘러가게 됐네요. 사실, 제가 한 건 그저 뼈대만 대충 세운 것뿐이고, 나머지는 창작반 친구들, 선생님께서 많이 도와주셔서…하하;

지금까지 판타지 소설을 읽으면서 마음속으로는 정말 신랄하게 비평을 했었어요. 이건 이렇게 하는 게 훨씬 좋았을 텐데, 정말 글 못 쓴다……. 하지만 직접 써 보니, 아, 정말 힘들더군요. 이 작품은 글 쓰는 게 얼마나 어렵고 힘든 일인지를 알려 준 작품이기도 합니다. 앞으로 소설은 계속 보겠지만, 다른 작품을 쓰는 건 아직 엄두가 안 나네요.

고양이 창고

정하민(신서중 3학년)

1

나흘에 걸친 2학기 기말고사가 끝났다.

마음만큼이나 날씨도 을씨년스러웠다. 낙엽이 다 떨어진 나무들은 하나같이 앙상했다. 말이 좋아 늦가을의 정취지 시험을 망친 열다섯 청춘에게는 모든 게 삭막하고 쓸쓸했다.

아이들이 다 빠져나간 뒤 뒤늦게 하교하는 내 모습이 마치 떨어져 뒹구는 낙엽 같다.

이번 기말고사는 완전 망했다. 시험 기간과 생리가 겹친 것부터가 예감이 안 좋았다. 왼손에 든 실내화 가방보다 오른손에 돌돌 말아 쥔 시험지가 더 무겁게 느껴졌다.

피식 하고 헛웃음이 새나왔다. 이제 겨우 열다섯 살 여중생인 나에게 아직 시험은 수도 없이 남아 있다. 이제 시작일 뿐이다. 어차피 시험이란 평생 보는 것이고, 만회할 기회는 얼마든지 있다. 점수야 어찌됐든 마음만 편히 가지면 된다. 누가 중간에 염장 지르지만 않는다면 말이다.

"어? 야, 유은영!"

뒤에서 누가 날 부르는 소리가 들렸다.

그러면 그렇지, 아무래도 내 염장을 지르고도 남을 인간이 나타난 것 같다.

"너 내 말 씹는 거냐?"

용돈 다 떨어져서 껌도 없는데 씹긴 뭘 씹냐, 부르지 말라니까.

그러나 뭐라 말하기도 전에 둥글넙적한 얼굴이 불쑥 나타났다.

짐작했던 대로 김형민이다.

"귀 먹었냐? 내 말이 말 같지가 않……."

나는 대답 대신 눈에 잔뜩 힘을 주고 될 수 있는 한 매섭게 녀석을 노려보았다.

그러자 녀석은 짐짓 놀라는 척 어깨를 으쓱하더니 이내 실실 웃기 시작했다.

"여, 무서워 죽겠네. 너 시험 망했다더니 진짠가 보네. 오, 진짜 망쳤구만. 아하하핫!"

"닥치든지 꺼지든지 골라라. 죽기 전에!"

"흐흥. 알았어, 알았다고. 시험 망친 애를 놀리는 건 죄악이야. 그치?"

"그러는 너는, 뭐 가볍게 전교 1등쯤 했나 보지?"

나는 비아냥거리는 말투로 쏘아 주었다.

"가볍게는 아니고, 쬐끔 고생 좀 했지. 그래도 너보단 훨씬 많이 하지 않았겠……."

나는 순간적으로 왼손의 실내화주머니를 놈을 향해 휘둘렀다.

놈은 날렵하게 몸을 숙여 피하고는 낄낄대며 서너 발 앞으로 달

아났다. 그리곤 돌아서서 혀를 날름 했다.

아우, 저 싸가지…. 같은 반 김형민은 공부에 운동도 잘하고 인기도 많은데 싸가지다. 아니, 정확하게 말하면 나한테만 싸가지다. 다른 여자애들한테는 드라마 주인공처럼 굴다가 나만 보면 태도가 싹 바뀌는 거다. 그렇지 않다면 어떤 식으로든 놈에게 집적댄 적이 없는 여학생이 우리 반에 나밖에 없을 리가 없다.

나는 씩씩대며 학교 계단을 걸어 내려왔다.

놈마저 사라지자 학교에는 나 혼자만 썰렁하게 남겨졌다. 아마 주변 피시방과 노래방은 아이들로 미어터질 것이다. 마이크를 잡고 울부짖는다고 시험 스트레스가 풀리겠는가마는 그래도 그것마저 없다면 아이들은 미쳐 날뛸 것이다.

2

터벅터벅 학교 바깥 계단을 내려서는데, 순간 무언가 내 앞을 쓰윽 지나갔다.

"뭐, 뭐야! 고양이? 깜짝이야!"

그냥 검정 고양이였다. 하여튼 저놈의 고양이는……그러면서도 내 눈은 고양이가 사라진 학교 건물 오른쪽 모퉁이를 향했다.

어, 저쪽에 길이 있었던가?

난 무심코 고양이가 사라진 곳으로 발걸음을 돌렸다. 집에 가 봐야 엄마한테 쥐어박힐 일밖에 없다는 생각 때문이었을까. 아마 엄마는 내가 신발도 벗기 전에 좌악 목소리를 깔고 시험지, 하면서 손을 내밀 것이다. 아무것도 묻지 않고 그냥 안아 줄 수는 없을까. 하긴 시험 앞에서는 자식도 없고, 엄마도 없다. 점수만 있다.

고양이가 사라진 모퉁이를 돌아서니 조그마한 통로가 보였다. 도로를 따라 세운 높다란 담과 학교 건물 사이로 난 통로였다. 통로는 간신히 몸 하나가 빠져나갈 만큼 비좁았다.

'학교에 이런 곳이 있었나?'

그 통로를 쭉 따라 들어가니 낡고 허름한 작은 창고가 나타났다.

겉모습으로 봐서는 무슨 비품 창고 같았는데, 사람이 드나든 흔적이 없었다.

내친 김에 창고 안으로 들어가 보았다. 이상하게 두려운 생각이 들지 않았다. 습기 밴 곰팡내가 나긴 했지만 생각보다는 밝았다.

창고 안엔 폐가구가 좀 쌓여 있을 뿐 별다른 것은 없었다. 출입구 바로 오른쪽엔 낡은 수납장이 놓여 있고, 그 곁에 두 동강 난 칠판이 기대여 있었다. 바닥에 널린 담배꽁초도 보였다. 가끔씩 노는 애들이 드나드는 모양이었다.

나는 바로 곁에 있는 수납장을 이리저리 살펴보았다. 그러다가 수납장 맨 위 서랍에 써 놓은 낙서에 눈이 갔다. 분필 글씨였는데 색깔이 특이했다.

—진실을 무조건 알려고 들지 마라. 선배가.

무슨 얘기야? 진실을 알려 들지 말라니.

나는 무심코 낙서가 적힌 수납장 서랍을 열고 손을 넣어 보았다.

손끝에 뭔가 잡혔다. 꺼내보니 누렇게 색이 바랜 종이 뭉치였다.

종이 뭉치를 펴자 그 안에서 분필 한 자루가 나왔다. 그런데 분필 색깔이 특이했다.

나는 종이를 버리고 분필을 가만히 들여다보았다. 얼핏 보면 보라색처럼 보이다가도 붉은 빛깔을 띠었다. 분필은 보통 흰색이나 노란색이고 특이해 봐야 하늘색, 분홍색이 전부인데 이건 처음 보는 색깔이었다. 그러고 보니 서랍의 낙서와 같은 색깔이었다.

나는 호기심에 수납장 옆에 기대 놓은 칠판에 글씨를 써 보았다.

'유은영 평균 99.9 전교 1등!'

이런 일이 생긴다면 엄마가 얼마나 좋아할까. 나를 캥거루처럼 주머니에 넣고 다닐지도 모른다.

나는 몇 걸음을 더 옮겨 다른 쪽 구석에 문장 하나를 더 적었다.

'김형민 평균 98.9 전교 2등!'

평균 0.1차로 나한테 밀린 전교 2등 김형민. 실제로 이렇게 된다면 그 싸가지는 미쳐 버릴지도 모른다. 얼마나 통쾌한 일일지 나도 모르게 입 꼬리가 올라갔다. 그러다가 문득 이런 상상을 하고 있는 내가 한심했다. 겨우 80점을 턱걸이하는 주제에 무슨…….

나는 갑자기 기분이 나빠져 발치에 놓인 칠판지우개로 쓱쓱 문질러 지웠다.

어, 이거 왜 이래?

글씨가 안 지워진다.

한 번 더 문질렀다. 그래도 안 지워진다. 오히려 특이한 색깔이 더 분명하게 도드라졌다.

나는 순간적으로 아까 내가 처음에 낙서를 했던 곳을 곁눈질해 보았다. 없다.

이게 무슨 일이야.

가까이 가서 자세히 들여다보았으나 아무 흔적도 없다. 이상하다. 분명히 여기다 썼는데…….

나는 다시 분필로 큼지막하게 아까와 똑같은 글을 써보았다.

'유은영 평균 99.9 전교 1등!'

헐, 이럴 수가. 글 끝에 느낌표를 찍고 3, 4초쯤 지나자 거짓말처럼 글씨가 사라지는 게 아닌가. 이게 뭐야! 다시 써도 마찬가지였다. 글씨는 순식간에 눈앞에서 사라졌다.

나는 이상한 생각이 들어 분필을 싸고 있던 종이 쪼가리를 주워 들었다.

펴보니 뭔가 부호가 적혀 있는데, 큰 동그라미 아래에는 작은 가위 표시, 큰 가위 표시 아래에는 작은 동그라미가 그려져 있다.

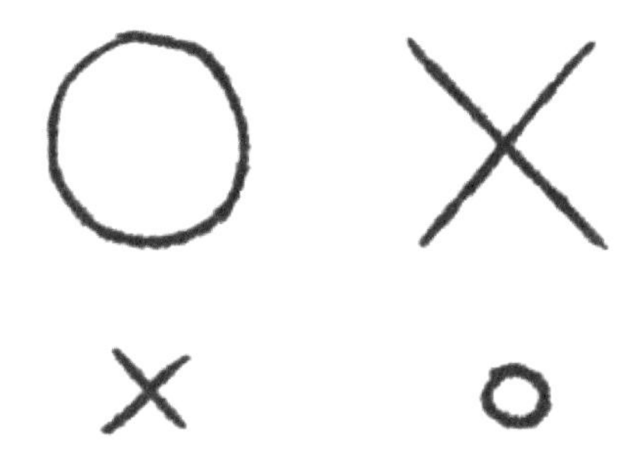

'뭔 얘기야 대체?'

나는 종이를 들고 다시 칠판 앞으로 가서 아직 남아 있는 '김형민 평균 98.9 전교 2등!'이란 문장을 살펴보았다. 그대로였다. 침을 묻혀서 지워 보았다. 마치 유성 펜으로 쓴 글씨처럼 끄떡도 하지 않았다. 손톱으로 긁어도 안 지워졌다.

'대체 왜 유은영 점수는 지워지는데 김형민 점수는 안 지워지는 거야?'

나는 김형민 점수를 노려보았다.

아까 낯빛으로 보아 이 싸가지는 틀림없이 이 정도의 점수를 맞았을 것이다.

나는 김형민 점수 밑에 내 진짜 점수를 적어 보았다. 아까 반장이 불러준 정답대로 채점을 하고 난 뒤, 전 과목 평균을 내 보니 78.3점이 나왔었다.

'유은영 평균 78점'

이렇게 써 놓고 잠깐 기다렸는데, 이번엔 사라지지 않는다. 지우개로 지워도 지워지지 않았다.

나는 손에 쥐고 있던 ○×가 적힌 종이를 다시 들여다보았다. 상식적으로 생각하면 ○은 맞는다고 거고, ×는 틀렸다는 표시다. 그렇다면 ○ 밑에 있는 작은 ×표는 무엇이고, 반대로 ×밑에 있는 작은 ○표는 뭘 말하는 걸까.

순간 머릿속에서 불똥이 반짝 하고 튀었다.

혹시……나는 칠판에 문장 두 개를 더 적었다.

'우리 담임 선생님은 1958년생이다.'

'우리 담임 선생님은 서른아홉이다.'

국어 선생님인 우리 담임 선생님은 항상 자신이 서른아홉 살이라고 주장했다. 하지만 나는 봤다. 선생님이 집필하셨다는 책에는 선생님의 출생년도가 1958년생으로 기록돼 있었다. 둘 중에 하나는 거짓임에 틀림없다.

나는 떨리는 마음으로 두 문장을 지켜보았다.

몇 초 후, 서른아홉이라고 쓴 문장은 사라지고, 1958년생이라는 문장만 남았다. 남은 문장은 지우개로 지워도 지워지지 않았다.

이거다! 나는 무릎을 쳤다.

'거짓은 지워지지만 진실은 지워지지 않는다.'

가슴이 뛰기 시작했다. 나는 심호흡을 하며 몇 가지 사실을 더 적어서 실험을 해 보았다.

어김없었다. 거짓은 지워지고, 참은 지워지지 않았다.

이건 마법의 분필이다! 나는 흥분해서 분필과 쪽지를 주머니에 집어넣고 후닥닥 창고를 빠져나왔다. 다리가 후들거리고, 가슴은 터질 것처럼 쿵쾅거렸다.

나는 통로를 뛰어나오면서 뒤를 돌아보았다. 누가 내 뒷덜미를 움켜쥐는 것 같은 느낌 때문이었다.

아무도 없었다. 다만 아까 그 검은 고양이가 창고 지붕에 앉아 있을 뿐.

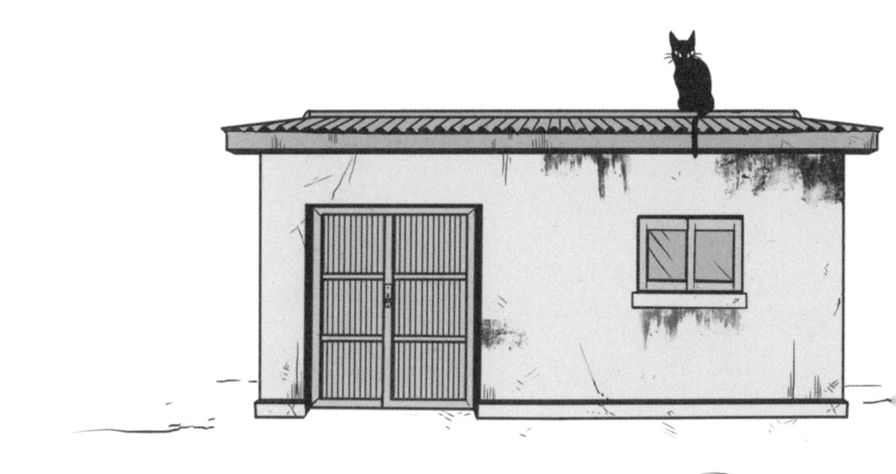

3

다음 날 나는 어떻게 학교를 왔는지 모른다.

발걸음이 공중에 둥둥 떠다니는 듯했다. 교실은 왁자지껄한 아이들의 소리로 터져 나갈 것처럼 시끄러웠다. 하긴 시험 끝난 다음 날 책을 잡고 있다가는 미친놈 취급당하기 십상이다.

경애 기집애는 아예 제 남친 목에 매달려 멜로영화를 찍고 있다.

누구도 나에게 눈길을 주지 않았다. 그러나 상관없다. 내겐 마법 분필이 있지 않은가.

이제 우리 반 연놈들은 부처님 손바닥의 손오공이나 다름없다.

나는 음흉하게 웃었다. 어젯밤 나는 모든 검증 과정을 거쳤다.

검증 과정에서 먼저 결혼하자고 매달린 건 아빠가 아니라 엄마라는 사실도 알아차렸다.

평소 엄마는 그랬다. 아빠가 석 달 열흘 밤낮을 밥도 안 먹고 매달려서 마지못해 승낙을 한 거라고. 그땐 미모가 꽃보다 눈부셨는데 너 때문에 다 망가졌다고. 낄낄낄…… 가증스런 엄마 같으니라고.

그런 재미에 빠져 밤을 거의 샜다. 그래도 전혀 피곤하지 않았다. 가장 난제였던, 진실의 문장을 어떻게 지우느냐 하는 것도 해결했으니 말이다.

수많은 실험을 거쳐 깨달은 방법은 너무 단순했다. 글자를 검지로 꾹 눌러 그대로 따라 쓰면 감쪽같이 지워졌다. 말하자면 36.5도의 체온이 실려야 글자가 지워지는 거였다.

그 방법으로 아침에 오는 길에 창고에 들러 어제 남긴 낙서도 말끔하게 지웠다.

'그럼 어디 시험 삼아…….'

나는 내 책상에 앉아, 손 안에 분필을 감추고 남자아이들의 떠드는 소리에 귀를 기울였다. 남자애들은 어젯밤 어떻게 놀았는가에 대한 무용담을 늘어놓느라 정신이 없었다.

"나는 말이지, 어제 8시간 동안 PC방에만 있었다고!"

형식이란 놈이다. 저 녀석이라면 충분히 그럴 수 있다. 그러나 그 말을 분필로 쓰자 곧 스르르 지워졌다. 녀석은 중간에 엄마한테 걸려서 끌려갔을 것이다.

"겨우 그 정도 가지고. 나는 메이플스토리 만렙 찍었어!"

이건 놀랍게도 지워지지가 않았다. 저 순칠이 놈은 진정 게임광이다. 만렙을 찍었다니. 남자애들은 왜 다 그렇게 게임에 극성인지 모르겠다.

곧 담임 선생님께서 들어오셨다.

"이놈들아, 시끄럽다. 시험 끝났다고 너무 놀지만 말고, 이런 때 책이라도 좀 읽어라! 선생님은 느들 만한 때 삼국지, 초한지, 세계

문학전집 안 읽은 게 없다."

난 장난삼아 선생님 말을 재빠르게 책상에다 휘갈겨 썼다. 황당하게도 그냥 지워져 버렸다.

어른들은 다 비슷하다. 훈계란 이름으로 대부분 뻥을 치고 있는 거다.

책상에 딱 붙어서 반 친구들의 거짓말을 가려내는 일은 너무 재미있었다.

분필은 단순히 방금 내뱉은 말이나 물리적, 객관적인 사실뿐만 아니라 사람의 속마음을 넘나들며 진실을 가려냈다. 그래서 몇 단계만 거치면 어떤 사실이든 알아낼 수 있었다.

덕분에 가증을 떠는 아이들과 그렇지 않은 아이들이 금세 구분되었다. 이를테면 평소 김형민 옆에서 온갖 예쁜 척을 하던 효빈이란 계집애는 순 거짓말쟁이였다는 것. 아버지가 목사라는 것도, 필리핀에 삼촌 별장이 있다는 것도 다 거짓이었다. 분필이 그걸 다 가려냈다.

나는 실실 웃으며 분필을 만지작거렸다.

이게 웬 행운이란 말인가.

내가 남에게 선행을 베푼 기억이 없으니 이건 조상님이 묏자리를 잘 썼거나, 무슨 큰 덕을 쌓은 게 틀림없다.

4

2교시 쉬는 시간, 마침 출입구 쪽 거울 앞에서 서성거리는 진세연이 눈에 들어왔다.

아, 맞다 진세연! 나는 무릎을 탁 쳤다.

진세연은 우리 반 왕따인데, 통 말이 없는 아이였다. 소문도 많았다.

부모님이 안 계셔서 할아버지랑 단 둘이 산다고 했다. 밤에 전단지 알바도 한다고 하고, 무엇보다 쉬쉬하면서 아이들 사이에 떠도는 결정적인 소문은 그녀가 원조 교제로 용돈을 번다는 것이었다.

내가 보기에도 그 아이는 어딘가 좀 달라 보였다.

별다른 감정이 드러나지 않는 표정 때문에 두세 살은 더 많아 보였고, 결코 소리 내어 웃는 법이 없었다. 누가 툭 치기라도 하면 깜짝깜짝 놀라는 과잉 반응 외에는 화도 잘 내지 않았다.

나는 진세연에 대해 알고 싶어졌고, 지금 나는 그럴 수 있다.

'진세연은 할아버지와 산다.'

지워지지 않았다.

'진세연은 밤에 돈을 번다.'

역시 지워지지 않았다.

나는 바로 본론으로 들어갔다.

'진세연은 원조 교제를 한 적이 있다.'

이건 지워졌다. 그렇지, 아무리 그래도 원조 교제라니. 역시 소문은 믿을 게 못 된다. 하지만 뭔가 있으니 소문이 난 게 아닐까.

나는 확인 겸 해서 몇 가지 추리적인 질문을 던졌다.

'진세연은 남자를 접해 본 적이 있다.'

지워지지 않았다.

나는 헉, 하고 신음 소릴 냈다. 남자를 접해 봤다고?

가슴이 두방망이질 치기 시작했다.

'진세연은 남자를 밝힌다.'

이건 지워졌다. 놀람이 다소 진정되긴 했으나 의문이 생겼다. 원조 교제는 아닌데, 남자를 접해 본 적이 있다, 그런데 밝히는 것은 아니다? 그렇다면?

'진세연은 성폭행을 당했다.'

지워지지가 않았다. 아! 뭔가 뒤통수를 후려치는 듯한 충격이 왔다.

그때 누군가 등을 툭 쳤다. 화장실에 갔던 짝 하은이였다.

"야, 유은영! 너 뭐하는데 꼼짝도 안 하고……. 유서 쓰냐?"

나는 깜짝 놀라며 책상을 가렸다. 미처 글씨를 지우지 못하고 그대로 써 내려갔던 것이다.

허둥지둥 손가락으로 분필 글씨를 지웠다. 그러나 한 번에 처리

하기에는 글씨가 너무 많았다.

하은이가 내 팔을 밀어내며 아직 지우지 못한 문장을 읽었다.

"진…세…연…성…폭…행…을…당…했…다?"

순간 옆자리에서 떠들던 아이들의 소리가 뚝 멈췄다.

성폭행? 몇몇 아이들의 고개가 나를 향했다.

그런 아이들 너머로 마침 자리로 돌아가던 진세연이 보였다.

멈춰 선 그 아이의 얼굴이 하얗게 변했다. 그리고 후닥닥 교실을 뛰쳐나갔다.

그녀가 지나간 교실 바닥에 떨어진 눈물이 반짝거렸다.

5

"세연아."

세연이는 두 무릎 사이에 얼굴을 묻은 채 꼼짝도 하지 않았다.

3, 4교시 내내 엎드려 있던 세연이는 점심시간이 되자, 그냥 집에 가겠다고 가방을 쌌다.

나는 그런 세연이를 끌듯이 체육관 창고로 데리고 왔다. 그냥 보내서는 안 될 것 같았다.

나는 세연이 대신 조퇴증을 끊고 가방을 챙겨 왔다. 체육관 창고는 조용했다.

"저기… 떠벌일 생각은 정말 아니었는데 이렇게 됐어, 미안해."

"……."

"그래도 김형민이 잘 수습해서 애들은 네 얘긴지 몰라."

그렇기는 했다. 뛰쳐나간 세연이를 따라 나갔다가 다시 교실로 돌아오니 아이들은 무슨 일이 있었냐는 듯 저희들 일에 몰두해 있었다. 궁금한 것은 그냥 넘기지 못하는 하은이마저도 별다른 추궁을 하지 않았다. 그러나 무슨 소용인가.

내가 세연이의 꽁꽁 싸맨 상처를 터뜨린 거나 다름없다. 일을 쳐도 크게 쳤다.

"진짜 미안해. 미안해, 세연아."

그러자 세연이 등이 조금씩 흔들리기 시작했다.

세연이 등에 내 손을 얹었다. 세연이의 떨림이 고스란히 느껴졌다.

나는 뭐라 할 말을 찾지 못했다. 나로선 상상도 할 수 없는 일, 얼마나 힘들고 괴로웠을까.

한참을 울던 세연이가 조그만 소리로 말했다.

"내가… 더…럽지?"

나는 대답 대신 세연이의 어깨를 감싸 안았다. 나도 울컥 눈물이 났다.

"…아냐. 네 잘못이 아니잖아?"

세연이는 또 울었다. 그러면서 자꾸 미안하다고 했다.

문득 얼마 전에 엄마의 성화에 못 이겨 읽는 척만 했던 책에서 본 구절이 생각났다. 성폭행 상담 교사가 쓴 책이었는데, 나이가 어릴수록 순결이니, 성폭행이니 이런 개념보다는 그 모든 일을 자신의 잘못으로 여겨 죄책감과 두려움에 시달린다는 것이다.

세연이도 어쩌면 그럴지도 모른다.

"괜찮아… 세연아."

그때 점심시간 끝종이 쳤다. 종소리와 함께 세연이가 가방을 챙겨 들고 벌떡 일어났다. 곧 아이들이 몰려올 것이다.

나는 세연이 손을 잡으며 물었다. 아무래도 세연이의 말을 들어줄 사람이 필요할 것 같았다.

"뭐 도와줄까?"

그러자 세연이는 고개를 저었다.

"수업 끝나고 내가 너네 집 근처로 갈까?"

세연이는 그 말에 눈물을 닦으며 조금 웃어 보였다.

"다음에……."

"그래, 연락해. 기다리고 있을게."

"고마워."

6

창고는 내가 처음 갔던 날처럼 텅 비어 있었다.

나는 분필을 종이에 싸서 수납장 안에 원래대로 넣어 두었다. 그리고는 창고를 나섰다.

남의 속마음이나 비밀을 단번에 알아차리는 것은 어마어마한 능력이지만 거기에는 그만한 책임이 뒤따른다. 나는 아직 그런 책임을 감당할 수 있을 만큼 크지 못했다. 아니, 어쩌면 그건 신만이 할 수 있는 일인지도 모른다. 사람에게 맡겨진 것은 남의 마음을 알기 위해서 애쓰고, 부딪치고, 상처받고, 그러면서 조금씩 서로를 알아가는 과정일 뿐. 나라고 예외일 수는 없지 않은가.

아니, 남의 진실을 안다는 것이 좀 겁이 났다는 게 정확한 표현일 거다.

어쨌거나 세연이 일이 그걸 깨우쳐 주었다.

창고 문을 나서는데 검정 고양이가 내 앞을 스쳐 지나갔다. 그때 그 고양이다.

고양이는 날렵한 몸짓으로 창고 지붕으로 올라갔다.

나는 고양이를 향해 손을 흔들어 보였다.

7

"여어, 유은영!"

층계 끝에서 실내화를 갈아 신는데, 어디서 김형민이 톡 튀어나왔다.

저게 내 뒤만 따라다니나.

아우 밉상…이 아니라 오늘은 좀 대견해 보인다.

세연이 일이 소문나지 않은 것은 순전히 저 인간 덕분이니 말이다.

"그나저나 오늘 어떻게 그렇게 기특한 짓을 했냐? 시키지도 않았는데."

"내가 누구냐. 김형민 아니냐? 나 눈치 백단이잖아. 진세영이라는 연예인 지망생이 성폭행을 당했다고 인터넷에 떴는데 그거 아직 못 봤냐고 둘러댔지."

"계속 나만 쳐다보고 있었던 건 아니고?"

"뭐래, 얘는!"

"암튼 이번 일은 고맙다."

"근데 진세연은 진짜 어떻게 된 거냐?"

나는 이 대목에서 짐짓 정색을 했다. 나 혼자 감당하기 힘들면 상의할 만한 녀석이긴 하다.

"나중에 얘기해 줄게."

"나중에 언제? 이제 곧 방학인데."

"나중에 만나면 되지."

"만나? 뭘 만나? 네가……내 여친이냐?"

"얜 또 뭐래! 하여튼 남자애들은!"

나는 실내화주머니로 김형민 뒤통수를 한 대 후려치고 후다닥 도망쳤다.

"앗싸, 이번엔 명중!"

"야, 너 거기 안 서!"

교문을 나서는데, 그 분필을 영영 잊기 전에 딱 한 가지만 더 알아보고 싶은 게 생겼다.

김형민의 속마음에 대해서. 그 녀석은 속마음이고 뭐고 들켜도 싸다. 그러다가 곧 도리질을 쳤다.

미친, 또 무슨 일을 벌이려고…….

정신 차려라. 유, 은, 영!

후기

여러분이 읽거나 들은 이야기 중에 주인공이 특별한 능력을 얻었다가 곧 도리질을 치며 능력을 버리게 되는 이야기들이 매우 흔할 텐데요. 보통 이런 이야기가 말하는 것은, 사람 사는 세상은 그저 평범한 사람들이 모여 사는 곳인 만큼 이런 능력이 실제로 존재한다 할지라도 탈이 나기 쉽다는 것입니다. 진실 혹은 거짓을 가려내는 분필도 마찬가지입니다. 용납될 수 없는 능력을 고집하다가는 그런 능력이 없는 다른 이들과 더 이상 함께 지낼 수 없겠지요. 소설 내용처럼 남의 아픈 사연을 알았다가 상처를 주는 일도 생길 거고요. 그렇기 때문에 제가 말씀드리고 싶은 것은, 실존할 수도 없고, 용납될 수도 없는 그런 능력을 꿈꾸는 일은 더 이상 하지 말자는 것입니다. 과감하게 분필을 버린 주인공처럼, 지금 자신에게 주어진 능력을 귀중하게 여기는 거예요. 그 편이 더 가치 있고 아름답지 않을까요?

아침이슬 청소년 시리즈

성장통으로 몸부림치는 청춘들에게 들려줄, 그들 자신을 닮은 이야기와 함께,
그들의 호기심을 충족시켜 줄 많은 이야깃거리들을 차곡차곡 만들어 나가고 있습니다.

비키니 섬 시어도어 테일러 지음/김석희 옮김

원폭 실험으로 삶의 터전을 빼앗긴 비키니 섬의 슬픈 역사

미국은 1946년 파괴력 실험을 위해 비키니 섬에 원자폭탄을 투하하기로 결정한다. 이때부터 시작된 비키니 섬의 슬픈 역사와 원자폭탄 투하 과정이 한 편의 영화처럼 전개되면서 깊은 공감과 감동을 안겨 준다. 전쟁과 핵무기, 환경오염, 미국의 패권주의, 전통문화의 파괴 등 우리가 살고 있는 바로 '지금, 여기'서 제기되는 절박한 문제들을 생각해 보게 하는 작품이다. ★ 스콧 오델 문학상

붉은 스카프 지앙지리 지음/홍영분 옮김

청소년기에 중국 문화혁명을 겪은 한 소녀의 이야기

약속된 미래, 사랑하는 가족, 세상의 축복 속에서 살아가던 한 소녀가 문화혁명이라는 가혹한 현실과 맞서며 정의와 사랑과 사람에 대한 믿음이 가장 소중한 가치임을 깨닫는 과정이 극적으로 생생하게 그려진다. 오늘날의 사회주의 중국 역사에 큰 영향을 끼쳤던 문화혁명을 또래 청소년의 눈을 통해 들여다보며 중국 현대사를 이해할 수 있도록 돕는다.

★ 2005-2006 '책따세 겨울방학 추천도서'

에스페란사의 골짜기 팜 뮤뇨스 라이언 지음/임경민 옮김

기다림, 고통, 그리고 희망에 관한 서사시

에스페란사는 장차 엄마처럼 농장의 안주인이 되어 수천 에이커에 이르는 대농장을 다스리게 될 터였다. 하지만 뜻하지 않은 비극이 덮쳐 와 모든 꿈이 산산이 부서지고 에스페란사와 엄마는 도망치듯 고향을 떠나 캘리포니아로 떠난다. 결국 두 사람은 멕시코 인들이 모여 사는 농장 노동자 막사에 정착하게 되는데…….

★ 미국도서관협회 '청소년을 위한 최고의 책'

비버족의 표식 엘리자베스 G. 스피어 지음/김기영 옮김

문명과 야만을 보는 새로운 시선

열세 살 소년 매트는 아버지가 집을 비운 동안 정착지를 지키기 위해 황야에 홀로 남는다. 비버족의 도움으로 목숨을 구한 매트는 그 대가로 인디언 소년 아틴에게 영어를 가르쳐 준다. 백인들에게 부모를 잃은 아틴은 쉽게 마음을 안 열지만 함께 책을 읽고, 모험을 하면서 적대감이 사라지고 두 소년은 서로를 이해하고 사랑하는 진정한 형제애를 키우게 된다. ★ 2006 문화관광부 교양도서 ★ 2007 '책따세 겨울방학 추천도서

47(사십칠) 월터 모슬리 지음/임경민 옮김

자유를 찾는 노예 소년 47의 끝나지 않은 모험!

야만적인 노예 제도가 실시되던 1830년대, 미국 남부의 목화 농장. 냉혹하고 난폭한 주인의 삼엄한 감시 속에서 지내던 47 앞에 수수께끼 같은 인물 톨 존이 나타난다. 자신의 인생이 불행으로 가득 차 있다고 생각하던 47은 톨 존을 통해 자신을 아끼고 사랑하는 법을 배우고, 힘겨운 자신의 운명을 받아들이는 진정한 용사로 거듭난다. 마침내 자신의 정체성과 존재 의미를 깨닫고 모든 존재의 선과 자유를 위해 투쟁에 뛰어든다.

왕의 그림자 엘리자베스 앨더 지음/서남희 옮김

목소리와 꿈을 거세당한 소년 음유 시인의 날갯짓!

윌리엄의 영국 정복 전, 한 달간 영국을 통치한 해럴드 왕과 그 시종 이야기. 음유시인을 꿈꾸던 에빈은 목소리를 잃은 뒤 그림자란 이름을 갖게 된다. 겁쟁이였던 그가 해럴드의 양자가 되고 왕을 위해 죽음조차 두려워하지 않는 아이로 성장한다. 11세기 앵글로 색슨인들의 삶을 생생하게 되살려 낸 성장소설이자 역사소설로 탁월한 작품. ★ 스쿨 라이브러리 저널 '올해의 최고작' ★ 미국도서관협회 '청소년을 위한 최고의 책'

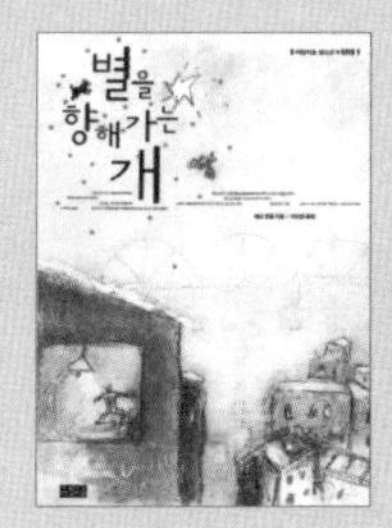

별을 향해 가는 개 헤닝 만켈 지음/이미선 옮김

외롭지 않니? 마음속에 별을 그려 보렴

요엘은 바다에 가고 싶다. 개는 어두운 거리를 배회하며 별을 향해 간다. 두곳은 모두 슬픔과 고통이 없는 곳이다. 요엘은 떠나 버린 엄마 때문에 마음에 늘 빈자리가 있지만, 아슬아슬한 사건들을 겪으며 마음의 상처를 극복해 낸다. 진정으로 자기를 사랑하는 사람들을 찾았기 때문이다. 요엘은 이들로부터 자신의 아픔을 통해 타인의 아픔까지 보듬어 줄 수 있는 이해와 용기를 배우면서 소년기를 통과한다. ★ 독일 청소년 문학상

한나의 노래 장 폴 노지에르 지음/고선일 옮김

홀로코스트 이전에는 어떤 일이 벌어졌나?

1940년대 초 독일군이 프랑스를 점령하자 유대인에 대한 편견과 박해를 피해 프랑스로 이주한 루이의 가족의 일상에도 변화가 일어나기 시작한다. 자신이 유대인이라는 것을 몰랐던 루이는 단지 유대인이라는 이유로 차별받고 고통당하면서 혼란을 겪고 분노를 느끼게 된다. 평범한 삶을 살던 한 소년이 암울한 역사의 희생자가 되면서 겪는 일상과 심리적 변화를 담담하게 담아낸 작품이다. ★ 프랑스 앙팡테지 상

아빠의 러브레터 캐서린 베이트슨 지음/서남희 옮김

누구에게나 슬픔의 시간을 통과할 때가 있다

폐암 선고를 받은 크리시의 아빠는 죽음을 피하려 발버둥 치기보다는 가족과 함께하는 시간을 소중히 하며, 기억에 남을 사랑의 그림을 남기기로 한다. 아빠는 생이 하나씩 빠져나가는 모든 과정을 크리시에게 보여 주고 전시회가 끝나자 세상을 떠난다. 크리시는 지금 살아있는 이 순간을 사랑으로 사는 것이 가장 중요하다는 것을, 때로 불가능해 보이는 일이라도 해야 할 때가 있다는 것을 깨닫게 된다.

불의 비밀 헤닝 만켈 지음/이미선 옮김

슬픈 대륙 아프리카에서 부르는 희망의 노래

내전으로 혼란스런 모잠비크, 평화로운 소피아의 마을에 폭도들이 몰려와 아버지와 사람들을 죽이고 마을에 불을 지른다. 황급히 도망친 소피아네 가족은 겨우 새로운 곳에 정착한다. 하지만 행복한 날도 잠시, 언니와 오솔길을 달리던 소피아는 땅속에 묻힌 지뢰를 밟는다. 가족과 두 다리를 잃은 한 소녀의 결코 정복되지 않는 영혼의 강인함과, 그 속에서 피어오르는 희망을 노래하는 작품. ★ 독일 가톨릭 아동 및 청소년 문학상

꼬마 마술사 부스테르 뵤르네 로이터 지음/최호영 옮김

마술사를 꿈꾸는 소년의 유쾌 발랄하고 가슴 찡한 성장소설

가진 재주라곤 아버지에게 배운 몇 가지 사소한 마술뿐인 말썽꾸러기 부스테르. 그 마술로 때로는 곤욕을 치르기도 하고, 선생님에게는 한심한 아이로 낙인찍히기도 한다. 그러나 결코 주눅 들지 않는다. 오히려 그럴수록 일상에서 만나는 여러 문제를 씩씩하고 유쾌하게 풀어 간다. 자신을 걱정하는 선생님을 향해 부스테르는 소리친다. ―걱정 마세요, 다 잘될 거예요. ★ 베를린 영화제 '유니세프상', '국제어린이청소년협회상'

지도를 만든 사람들 발 로스 지음/홍영분 옮김

지도는 누가 왜 어떻게 만들었을까?

지도를 만든 인물과 사건에 초점을 맞추어 지도의 역사와 의미를 살펴보는 책. 중세의 세계 지도, 정화의 남해 원정, 메르카토르, 지구의 3분의 1을 그린 제임스 쿡 선장, 주제 지도의 개척자 훔볼트, 해저 지도 등 13개의 이야기가 마치 한 편의 단편 소설을 읽는 것 같은 긴장과 흥미를 느끼게 한다. 주제와 관련된 다양한 고지도와 사진자료, 오늘날의 지도들을 입체적으로 편집해 보는 재미도 한껏 높였다.

★ 노마 플렉 도서상 ★ 크리스티 도서상